브래지어를 풀다

브래지어를 풀다

발 행 | 2017년 12월 25일

지은이 | 김아인(본명 김채영)
펴낸이 | 신중현
펴낸곳 | 도서출판 학이사
       출판등록 : 제25100-2005-28호
       주소 : 대구광역시 달서구 문화회관11안길 22-1(장동)
       전화 : (053) 554~3431, 3432
       팩스 : (053) 554~3433
       홈페이지 : http : // www.학이사.kr
       이메일 : hes3431@naver.com

ISBN _ 979-11-5854-114-9   03810

이 도서의 국립중앙도서관 출판예정도서목록(CIP)은 e-CIP 홈페이지(http://seoji.nl.
go.kr)와 (http://www.nl.go.kr/kolisnet)에서 이용하실 수 있습니다.
(CIP제어번호: CIP2017034944)

대구문화재단
본 도서는 '2017 대구문화재단 문화예술진흥사업' 일부를 지원받아 출간되었습니다.

브래지어를 풀다

김아인 수필집

學而思|학이사

자서

내 안의 나를 당신께 보내고
돌아오는 저녁입니다.

비 내리는 풀밭에
빈 깡통 하나가 널브러져있습니다.
밑바닥까지 탈탈 긁어서 내어주고
목이 타는지
온몸이 혀가 되어
빗방울을 핥아댑니다.
자꾸자꾸 핥아댑니다.
빈속이
어지간히도 허전한 모양입니다.

타인의 세계를 들여다보는 일,
피차 못할 일 같습니다.

2017년 12월

김아인

■ 차례

꼿꼿하고 검푸른

침묵의 시간을

복원하듯 그렇게

소리 없이 일어서는

꼿꼿하고 검푸른

|

죽어서도 생가를 보유하고 있는 사람들은 얼마나 행복할까? 떠돌던 영혼이 바람에 실려 고향을 찾았을 때 대청마루에 걸터앉아 해바라기하며 쉬어갈 수 있겠다. 부모님 앞에서 재주부리듯이 첫걸음마를 떼던 순간을 회상하며 미소 머금을 수 있겠다.

그래

지앞표르다

피어라, 영이야

포장된 농로를 따라 들어간 곳은 안동시 조탑마을이다. 한여름의 한 낮은 인기척 하나 없이 평화롭다. 낯선 골목에서 쭈뼛거리는 나를 부추기듯 하얀 부추꽃이 길손을 반긴다. 봉숭아도 피었고 채송화, 맨드라미도 피었는데 하필이면 내 눈은 부추꽃만 보는 것일까? 맵싸한 향기를 따라 '권정생 선생 살던 집' 이란 거리표가 가리키는 쪽으로 걸어간다. 세상의 모든 길은 한 방향으로 집약되는 특성을 지니는지도 모르겠다. 어차피 내가 가야 할 길이라면 굴러가든 흘러가든 웃으면서 기분 좋게 가자 다짐했었다. 그 무거운 다짐의 시간이 구두코 앞에 엎드린다.

'첫' 이라는 낱말의 종점이 얼마나 멀지, 가늠조차 할 수 없었다. 하지만 내가 뗀 첫걸음이 후회되지 않도록 하리라는 각오를 다졌다. 포기가 무슨 의미인지도 모르면서 포기를 강요당했던 순간을 만회하고 싶었을 것이다. 자의가 아닌 운명이란 이름으로 타의에 의해 너무 일찍 놓아버린 끈, 놓을 수밖에 없었던 끈, 그것을 되찾고자 작심했을 때 불혹의 중반이었다. 그 용기 가상함에 스스로 놀라지 않았던가. 첫정, 첫사랑, 첫출발…, '첫'으로 시작되는 것들은 한곳에 머물지 못하는 공통적인 숙명이 있다. 인생이라는 거대한 첫걸음을 떼면서부터 수많은 '첫'과 만나고 이별하는 반복을 한다. 설렘과 두려움이 묘하게 뒤섞여 머무르지 못하게 떠미는 것일 게다. 삶의 묘미는 부서지면서 나아가는 데 있다는 변명과 함께.

그해 봄, 생의 첫 삽을 뜨듯이 새내기가 되었다. 지난한 과정을 통과하면 영근 결과를 얻을 것이라는 굳센 믿음만이 유일한 밑천이었다. 구르거나 흐르거나 가고 가다 보면 반드시 달고 맛있는 성취의 과일을 먹을 수 있으리란 확고한 기대가 있었다. 의기소침해진 꿈이 냉정한 세상에 떨 때는 열정의 안쪽 호주머니에 숨긴 성냥불을 그었다. 작은 불꽃이 활활 타올라서 마침내 대기만성이란 열매로 익을지 모른다고 다독였다. '대·기·만·성' 이것은 번번이 절망과 충돌했다. 모질게 먹은 마음이 힘에 부치면 소리 없이 울었다. 울음에 꼭 소리가 있어야하는 건 아니다. 소리를 생각하지 않고 눈물이 이끄는 대로 울다 보면 희망이란 게 설핏 보였다. 때로는 뜨거운 눈물을 한 줌 받아서 신발창에 깔고 걸었다. 세상에 없는 따뜻함인데도 퉁퉁 부은 발이 잠깐 편안해지기도 했다.

착지를 못한 꿈이 허공을 떠다녔다. 무엇 하나 순조롭게 되는 것이 없었다. 계획은 계획에 그칠 뿐 단단하던 열정마저 슬금슬금 뒷걸음질 치며 나자빠지기 시작했다. 그 무렵 내 발걸음은 유명 문인들의 생가나 문학관을 찾는 것이 유일한 소일거리였다. 박경리, 유치환, 서정주, 정

지용, 박인환, 김영랑, 이육사, 이효석…, 열거하기도 벅찬 이름들의 시혼詩魂을 뒤밟았다. 언젠가는 뭐가 돼도 될 것이라는 포부만 믿었다. 그러나 출구 없는 희망이 부풀면 부풀수록 꺼지는 건 한순간이었다. 아는 만큼 보이고 아는 만큼 들린다고 하는데 많은 곳을 돌며 보고 들어도 무엇 하나 건져지는 것이 없었다. 점점 전전긍긍에서 헤매는 날이 많아졌다.

죽어서도 생가를 보유하고 있는 사람들은 얼마나 행복할까? 떠돌던 영혼이 바람에 실려 고향을 찾았을 때 대청마루에 걸터앉아 해바라기하며 쉬어갈 수 있겠다. 부모님 앞에서 재주부리듯이 첫걸음마를 떼던 순간을 회상하며 미소 머금을 수 있겠다. 한때 나도 생가를 가진 적이 있다. 고향을 떠나온 뒤에 도로가 나면서 흔적조차 없이 사라졌다. 위치만 어렴풋이 짐작할 뿐인데 꿈속의 집은 그대로였다. 큰 이상과 작은 능력 사이에서 헤매다 공사장 인부처럼 한쪽 어깨가 기울어져 돌아오는 날이 되풀이되었다. 꿈속에서 듣는 식구들의 숟가락 부딪는 소리에 기력을 되찾곤 했다.

꽃봉오리의 첫울음이 뒤엉킨 회벽의 슬레이트집, 내가 살던 집에는 자그마한 샘이 있었다. 마치 바위가 오줌을 싸는 듯이 뒷산을 배경으로 삼은 돌 틈에서 물줄기가 새어 나왔다. 비라도 내린 다음 날엔 오줌양이 많아졌다. 그 물을 빨아먹고 감나무가 자랐다. 감나무는 무던한 성실함으로 해거리도 없이 꽃을 피웠다. 무르익은 봄날이면 떨어지는 감꽃이 새벽잠을 뺏어갔다. 얇은 이슬을 덮고 팝콘처럼 널브러진 미색의 앙증맞은 꽃을 한 바가지 주웠다. 무명실에다 꿰면 수제 목걸이가 되고 팔찌가 되고 반지가 되었다. 달착지근하면서 은은한 감꽃은 향기도 순했다. 맨살에 착 안기는 서늘한 감촉은 남은 잠을 쫓아내기에 안성맞춤이었다.

꽃과 함께 떨어진 어린 감을 감또개라 부른다. 바람이나 병충해 따위로 떨어진 도사리인 것이다. 그것이 실패한 생의 아픈 징표라는 것을 모르고 공기놀이를 하며 가지고 놀았다. 난 내가 감또개 신세로 전락할 줄은 꿈에도 상상을 못했다. 식물의 꽃은 다음 해도 피고 그다음 해도 핀다. 그러나 사람 꽃은 한번 시들면 회생 불가능이다. 더군다나 제대로 피어보지도 못한 채 곯아버린 꽃이라면 한과 미련이 끝이 없을 게다. 뭔가를 끈질기게 물고 늘어져 본 사람은 알까? 본의 아니게 놓친 내 꼬투리를 되찾기 위해 나는 나를 끌고 다니기 바빴다. 무엇이 돼도 되어야한다는 사명감의 사슬에 걸려든 것이다. 강박증 비슷한 종류의.

시행착오와 실패는 살아있는 자에게만 주어지는 선물이 아닌가 한다. 어떤 일이 완성되기까지는 거저 되는 것이 아니라 피나는 노력이 뒤따르기 마련이다. 모든 꽃이 장미일 필요가 없듯이 모든 과일이 사과일 필요는 없을 게다. 고구마는 고구마답게 감자는 감자답게 제 근본에 만족하는 삶이면 된다. 우리도 우리의 근본에서 벗어나지 않는 삶이면 되는 것 아닐까? 늦었다고 생각할 때가 가장 이르다는 흔한 말처럼 현재에 안주하지 말고 포기하지 말고 시류에 흔들리지도 타협하지도 말고 초심을 기억하면 되리라. 특히 타협은 한 번 하면 자꾸 하고 싶은 함정이 있을 것 같아서 싫어한다. 내 보폭에 알맞게 깜냥대로 최선을 다해 나아가는 것 이것이 내 방식이다.

교회 종지기로 알려진 선생은 평소에 당신이 살던 집을 허물라고 하셨다 한다. 그러나 유지遺旨를 어기고 그대로 보존되어 있다. 동네 할머니 몇 분이 평상에 둘러앉아 나물을 다듬고 계시다가 "그 양반이 그리 대단하고 유명한 줄 누가 알았겠어." 마치 우리가 듣기를 바라신 듯 크게 말씀하신다. 낡았다는 표현만으로는 부족한 짤순이와 작은 냉장고가 곤궁하게 살다간 주인을 증명하고 있다. 낫이며 괭이며, 쓸모를 잃은 농기구들도 기약 없는 기다림으로 무료하게 자리를 지킨다. 검소하다는 말의 표본인 양 생각보다 너무 초라한 집이다. 누가 갖다 놓았는지 마른 꽃다발이 손만 대면 바스락 부서질 것 같다. 뒤꼍을 힐끔 둘러본다. 발원지를 알 수 없는 도랑물이 졸졸거리며 벼논으로 흘러간다. 호기롭게 뻗은 호박 넝쿨이 세상에 없는 세상 하나를 만들고 있다.

이마를 박을 것 같아서 고개를 바짝 숙이고 방으로 든다. 안방이라야 서너 평이 될까 말까 한 윗목에 선생이 평생 끼고 사셨을 빛바랜 책들이 아무렇게나 쌓여 산을 이룬다. 언젠가 읽었던 '몽실언니'가 눈에 들어온다. 상상은 자유라지만 여기서 몽실이와 나를 동일시하는 건 지나친 망상일 게다. 실내에 둥둥 떠 있는 동심 속을 서성인다. 바로 그 순간 "피어라, 영이야!" 아버지의 목소리가 들린다. 내 착각은 늘 이런 식이다. 부지불식간에 일어난다. 죽은 줄 알고 베란다 구석에 방치해둔 화분에서 꽃이 피듯이 진즉에 말라버린 꽃을 피우겠다고 안간힘 쓰는 딸이 아버지도 안쓰럽지 않으실까?

비행기구름이 한가로이 지나가는 오후, 복잡한 심경으로 마을을 빠져나온다.

미끼

오늘도 세종마트 님이 미끼를 던지신다. 11시 타임 반짝 세일 문자다. 삼겹살 한 근 9900원, 자반고등어 한 손 5800원, 수박 한 통 6000원, 대부분이 주부를 노리는 식재료들이다. 하루도 빠지지 않고 날아오는 친절함이 오히려 난감하다.

물고기가 미끼에 현혹되어 넙죽 물었다가 낚시꾼의 밥이 되듯이 방심하다 물리면 우리 집 가계부에 구멍이 생길 수 있어서 번번이 무시하고 지나쳤다. 그런데 며칠 전에는 그만 낚여들고 말았다. 토마토 10kg에 단돈 만 원이라기에 슬리퍼를 질질 끌고 부리나케 갔다. 10시 반쯤 도착했는데도 마트 입구에 비치된 쇼핑카트가 거의 다 빠져나가고 없었다. '얄팍한 상술에 발목 잡힐 사람이 누가 있을까, 헛수고에 불과하려니', 그리 치부해온 나로선 도무지 믿기지 않는 상황이었다. 내 눈이 의심스러울 만큼 매장 안은 명절 분위기 비슷한 북새통을 이뤘다. 길게 늘어선 줄에 끼어서 순서를 기다렸다가 토마토 한 박스를 무사히 카트에 실었다. 아주 대단한 일을 한 것 같은 뿌듯한 성취감에 나도 모르게 웃음이 났다.

난 이미 세일이란 말에 약해지는 병에 걸렸는지도 모른다. 어제도 옥수수 열다섯 자루에 5980원이라는 미끼에 걸려 현관문을 박차고 나갔다. 달달한 미끼 맛을 한 번 보고나니 안 갈 수가 없다. 한정세일 품목은 무조건 카트에 담고 본다. 안 사면 어쩐지 손해 보는 것 같아서. 동이 나기 전에 서로 차지하려는 알뜰주부들의 쟁탈전을 어렵잖게 본다. 그야말로 아수라장이 되는 진풍경의 코너가 꼭 있기 마련이다. 그럴수록 도시와 농촌을 잇는 오작교가 된 매장 직원은 소비를 부추기느라 확성기에 대고 열을 올린다. 문제는 견물생심이란 말처럼 당장 쓰일 일이 없는 것까지 주섬주섬 산다는 거다. 어쩌면 친절한 문자가 노리는 게 바로 그 점일지도 모른다는 생각이 든다. 마트는 지척에 있고 필요할 때 사도 충분한 것을 기어이 가득가득 싣고 온다. 좁은 냉장고에 쑤셔 넣고는 잊어버리기 일쑤다. 생물은 하루만 방심해도 상하기 십상이라 기껏 싸게 산 것이 헛수고가 된다.

백화점 세일 문자, 아웃도어 매장의 신상품 알림 문자, 문화센터의 공연 안내 문자, 내 지갑을 열게 하려는 솔깃한 미끼는 도처에 널렸다. 게다가 우리 집에 돈 없는 거 전국적으로 소문이 난 모양인지 '5분 안에 천만 원 오케이', 블랙홀처럼 한순간에 빨려들 것 같은 대출 미끼도 날아온다. 글쎄 나를 언제 봤다고 묻지도 따지지도 않고 큰돈을 빌려준단 말인가. 필시 과잉 친절은 사달이 나기 마련인지라 달콤한 미끼일수록 오는 족족 수신거부에 올려버린다. 그것은 귀가 얇아서 흔들리기 쉬운 나를 방어하기 위함이다.

그런데 내가 아는 미끼 중에서 최고의 '갑'은 따로 있다. 모내기 한다 오너라, 제사다 오너라, 김장한다 오너라, 젊어서는 노골적이고 간단명료한 명령문만 쓰시던 어머님이 어느 날부터 은근슬쩍 청유문으로 바꿔서 쓰신다. 세월 앞에 그 날카롭던 콧날이 많이 닳으셨다. 쌀은 아직 있나, 올해는 감자 씨알이 참 굵네, 풋고추가 약이 올라서 먹기 딱 좋은데…, 오라는 말보다 더 무서운 은유적 미끼를 호박넝쿨처럼 낭창낭창 던지신다.

어머님의 미끼는 뿌리칠 대안이 없다. 수신거부도 못하고 회유의 떡밥인 줄 알면서도 무조건적으로 물어야 한다. 물색없이 오가는 경비가 더 든다거나 시간이 없다거나 하는 식의 어쭙잖은 변명을 대서도 안 되고 행여나 귀찮은 내색을 해서도 안 된다. 그저 덥석덥석 군소리 없이 낚여드려야 한다. 자고로 현명한 며느리라면 당신 아들 보고 싶다는 것을 에둘러 표현한 마음의 행간까지 읽어낼 안목을 길러야 한다. 명령형보다는 청유형이 부드럽고 말과 말 사이에 쫀득한 애정이 생겨나는 건 분명하다. 고부갈등이라는 금속성의 소음들 속에서 감정을 유연하게 만들어가는 방편이 되기 충분하다. 우리나라 고부갈등은 피할 수 없는 숙제며 어머니에게 아들은 트로피 같은 존재라고도 하지 않던가.

"찌르릉찌르릉", 좀체 울 줄 모르는 핸드폰이 한낮의 무료함을 깨운다. "엄마 어디에요?" 뜬금없는 아들의 전화다. 주말도 아닌데 집에 온단다. 반가움도 잠시, 마땅찮은 찬거리 걱정이 앞선다. 품안의 자식이라더니 어려운 손님처럼 여겨진다. 언제까지나 어릴 줄 알았건만 어느새 입지가 되어 객지에서 혼자 제 밥벌이를 하느라 고생하는구나, 생각하면 대견하다가도 일순 안쓰럽다. 자식이 집에 온다는데 어미랍시고 고작 반찬 걱정이나 하다니 너무 일차원적이라는 자괴감마저 든다. 사실 한집에서 복닥거릴 때는 안 하던 챙김이 낯설기도 하다.

머지않은 미래가 슬금슬금 다가온다. 나는 아들한테 어떤 미끼를 던질 수 있을까? 준비한 미끼가 있기는 한가? 지금이야 결혼 전이니 언제라도 불쑥 찾아와주지만 제 가정을 꾸리고 살면 상황은 180도 달라질 것이 당연하다. 그때 가서 다짜고짜 보고 싶으니 오라고 직언을 하면 어느 며느리가 좋아할 것이며 순순히 응해주겠는가. 연세가 드실수록 지혜로워지는 우리 어머님처럼 나도 미래의 내 며느리가 흡족해할 달달한 미끼를 미리 준비해야 한다.

하지만 고구마 한 개, 마늘 한 톨, 내 힘으로 마련할 여건도 못 되고 어쩐다지? 베란다 화분이라도 잘 가꾸어서 천리향 꽃향기가 향기롭다고 할까, 군자란 꽃빛이 한창 곱다고 할까, 아니다. 몸으로라도 대신할 수 있는 형편이면 좋겠다. 맞벌이가 대세인 요즈음 육아문제가 심각하다고 그래서 결혼을 미루거나 출산을 망설이는 젊은이들이 많다고 하지 않던가. 손자들이라도 봐준다고 하면 아주 품질 좋고 훌륭한 미끼가 될 수 있지 않을까?

고기를 재다 말고 미끼와 미끼 사이에 발목이 걸려 미끌미끌 헤매고 있다. 낚거나 낚이거나 삶이란 결국 한통속 같다.

인간은 만물의 영장이란 말

한바탕 피비린내마저 말갛게 삼킨 아프리카, 모래바람에 널브러진 허연 뼈들이 나뒹군다. 그곳을 지나던 코끼리 한 마리가 동족의 두개골을 긴 코로 요리조리 뒤집어가며 한참을 들여다본다. 무거운 몸피만큼이나 뜨거운 입김을 후후거리며 하릴없이 늘어진 귓바퀴에 송가를 부르는지, 텅텅 빈 눈자위에 눈도장이라도 찍는지, 울음소리조차 간 곳 없는 신음의 여음 뒤에서 서성인다. 잔칫상 물린 파장머리 주걱부리황새 한 마리가 한가롭게 날고 말라버린 생의 증거물들만 부신 햇살 아래 속절없이 환하다. 어쩌다가 공범이 되어 먼 시간의 내부에 갇혀버린 나는 너무 숙연해서 캄캄한 텔레비전 화면 속을 속수무책 헤맨다.

무릇 인간을 만물의 영장이라고 하던가? 유일하게 직립 보행을 한다는 근거에서 비롯된 말일 게다. 고래나 상어와 같은 물고기는 몸집이 아주 크지만 지느러미로 움직이는 이동의 한계성과 호흡법 때문에 물을 벗어나면 살 수가 없다. 밀림의 왕이라 불리는 사자 역시 숲을 벗어나서는 왕 행세하며 살 수 없다. 그들에게도 나름대로 생각이란 기능이 있을 것이다. 그러나 인간의 두뇌만큼 지능적이지 못하다. 그렇기에 각각의 능력 테두리 안에서 고유 영역을 유지한다. 인간은 어떤가. 지느러미 없이도 물속을 헤엄칠 수 있고 날개 없이도 하늘을 날 수 있다. 이것은 인간의 사고가 그들에 비해 월등하다는 방증인데 그 증거로는 도구를 만들어 사용하고 있다는 점이다. 인류 발전사를 보더라도 도구 사용이 지대한 영향을 미쳤음을 알 수 있다.

인간의 편리를 위해 만든 수많은 도구 중에서 컴퓨터를 생각해보자. 초기의 컴퓨터는 수치 계산을 사람보다 빠르고 정확히 하려고 개발되었다. 기술이 발전함에 따라 문자, 그림, 소리, 동영상 등 여러 유형의 데이터를 처리하여 사용자가 원하는 정보를 제공한다. 어디 그뿐인가. 진화된 기술 덕분에 로봇이 사람 역할을 대신하는 경우도 많다. 이러다간 일자리를 빼앗겨 실직자가 부지기수로 늘어날 것이라는 경고도 들린다. 하지만 아무리 똑똑한 로봇이라도 사람이 작동시켜야 움직이는 한계를 지니지 않는가. 우리 집 로봇청소기도 자발적으로 청소할 줄 모른다. 그러므로 도구는 사람보다 한 수 아래의 그저 도구에 불과할 뿐이라는 사실이 조금은 안심된다.

초인간이 나타나지 말라는 법은 없다. 문학에서 판타지가 중요한 장치로 작용하는 것은 새삼스러운 일이 아니다. 무라카미 하루키의 소설 『1Q84』는 과격한 판타지 기법을 활용하여 독자로부터 쉽게 읽히기를 거부한다. 가령 하늘에 달이 두 개라든가, 남자를 만난 적도 없고 성관계도 없었는데 임신이 되는 설정은 상식적인 정서로는 납득하기 어렵다. 오히려 독자로부터 심한 혼동을 야기 시킨다. 소설이 허구라고 하지만 '사람에게 일어날 법한 이야기'라는 데에 초점을 놓고 본다면 사정이 달라진다. 영화 '아바타'도 마찬가지다. 먹이피라미드에 문제가 생기면 인간이 사라질 수도 있다. 그러면 인간의 분신인 제2, 제3의 아바타들이 지구를 점령하지 않을까, 하는 상상이 가능하다. 궁극에는 또 다른 새로운 종種이 지구의 주인이 될 수 있는 일이다.

인간이 짐승만도 못하다는 소리는 흔히들 하고 듣는다. 아주 형편없는 사람을 개와 비교해 개만도 못하다는 표현을 쓴다. 동물 애호가들은 개를 모욕하는 발언이라며 불평하기도 한다. 은혜 갚은 까치, 은혜 갚은 두꺼비, 은혜 갚은 호랑이…, 등등의 동화를 생각해도 그렇다. 교화를 위해 지어낸 이야기지만 미물들의 감정을 사람 위주에서 함부로 폄하할 수 없을 게다. 사람의 입장에서 사람과 견주어 우위를 정한다는 것은 무의미하고 무가치할는지 모르겠다. 뉴스 속에 등장하는 잔혹한 범죄자들은 이미 인간이기를 포기한 것이 아닌가 싶을 때가 많다. 재산과 얽혀서 자식이 부모를 죽이거나 친아버지에게 성폭행당한 딸의 사건 앞에서는 말문이 막혀버린다. 이때의 혈육이란 얼마나 무력한가 말이다.

아버지 봉분을 멧돼지가 건드렸을 때 내 살가죽이 벗겨진 양 쓰리고 아팠다. 그 지경인 줄 모르고 제때에 밥을 먹고 제때에 잠을 자고 태연스레 내 할 일을 하며 살았다. 예지몽이라 할까? 사실은 연락받기 며칠 전이었다. 엄마 산소가 형편없이 파헤쳐진 꿈을 꾸었다. 섬뜩하고 예사롭지 않은 악몽이란 생각이 들었다. 꿈에서 본 광경을 부정하려 애썼지만 그럴수록 더 선명하게 다가왔다. 뭔가 찜찜하고 불안했다. 불안은 불길함으로 번져갔다. 벌초를 맡아주시는 먼 친척의 연락을 받고서야 단순한 꿈이 아니었음을 알았다. 정신적으로 감당하기 벅찬 나이였다. 아버지 형제들마저 내 감당을 외면했다. 다행히 친척 아저씨가 사토死土를 해주셨다. 당시 30만 원의 견적이 나왔으나 40만 원을 송금했다. 식사라도 한 끼 하시라는 고마움의 표시였다.

어쩌다 나는 인간이 주인인 세상에 맏딸로 태어나서 죄 지은 사람처럼 살아야 하는지, 억울할 때가 있다. 기댈 데라고는 바람밖에 없는 허공의 연처럼 외로울 때가 많다. 핏줄의 존재를 챙긴다는 건 어떤 책무감일까? 천륜으로 엮인 촌수라는 것은 또 어떤 부채감일까? 단순히 동물과 구별 지으려고 인간이 만든 함정일지 모르겠다. 참으로 무겁고 무섭다. 난 아직도 멧돼지가 아버지 봉분을 짓밟았던 그 무참한 여름 속에 갇혀있다. 혈연관계의 재구성을 위한 노력은커녕 그때의 섭섭함을 도저히 잊을 수가 없다. 그만큼 상처가 깊다는 의미일 게다. 그런데 텔레비전 속 코끼리를 보면서 나야말로 코끼리보다 못한 인간이란 생각이 든다. 굳이 그럴 필요까진 없었는데. 따끔거리는 통증을 남 탓으로 돌리며 기억을 불러낼 때 나는 내가 만물의 영장이 아니라 한낱 미물보다 못한 것이 아닌가, 자탄하고 자책하는 것이다.

소원과 성취 사이

　오늘도 갓바위다. 지난 우란분절에 다녀갔으니까 며칠 되지는 않았다. 떼 한번을 쓰지 못하고 자란 원을 풀듯이 답답할 때마다 갓바위 님 앞에서 주절거리면 엄마 무르팍에 엎드린 양 마음이 푸근해진다. 아마도 그 맛에 자주 찾는 것이리라.

　다들 무슨 절박함이 그리 많은지 평일인데도 갓바위 마당은 이미 만원이다. 나무 한 그루 없는 천인단애의 너럭바위 허공에 오방색 등이 이글거리는 태양을 가려주고 있다. 그 그늘 아래서 축원을 올리는 사람들 모습이 숙연하다. 얼마나 간곡하면 저런 자세가 나올까? 나는 정성 비슷한 흉내라도 내 볼 참으로 합장하고 갓바위 님을 올려다본다.

　늦게 꾸는 꿈일수록 아침이 빨리 오면 안타까울 것이다. 화장실 거울을 들여다보던 저녁이었다. 내가 있는데도 내가 보이지 않았다. 두 손으로 눈을 비비고 거울을 보았다. 표정 없는 누군가가 흐릿하게 보였다. 나 아닌 것 같은 내가 서 있었다. 초라한 모습이 도무지 믿기지 않아서 본래의 내가 생각나지 않았다. 다시 눈을 비볐다. 그러자 여러 개의 얼굴이 겹쳐 보였다. 이마에 굵은 가로줄이 그인 얼굴, 팔자주름이 깊게 파인 얼굴, 근심 가득한 얼굴, 찡그린 얼굴, 환하게 웃는 얼굴에서 시선이 멈추었다. 그래 이게 바로 나야, 하는 순간 잠에서 깼다.

나는 어디까지가 나일까? 나를 어떻게 증명할 수 있을까? 정수기에서 찬물 한 컵을 뽑아 마시며 생각했다. 생각은 고민으로 바뀌었다. 고민은 꿈으로 바뀌었다. 그렇게 꿈은 꿈을 만들었다. 꿈이 있다는 사실만으로도 벅찼다. 꿈이 생겼다고 자랑했다. 그때 낯익은 목소리들이 들려왔다. 그 나이에 꿈은 무슨 꿈, 꿈이 밥 먹여주나, 코웃음을 쳤다. 꿈은 아무나 꾸는 게 아니라고 비아냥거렸다. 의기소침해졌다. 다행히 꿈이 도망치지는 않았지만 은밀해졌다. 꿈을 데리고 이 책 저 책을 뒤적이며 발이 부르트도록 다녔다. 감이 잡히지 않는데도 마냥 즐거웠다.

꿈은 소원과 성취 사이에서 서성이기 시작했다. 꿈이 꿈으로 완성되기 위해선 반드시 그 사이를 건너야한다고 생각하자 목표가 되었다. 잘 차려 입은 꿈이 소원역으로 갔다. 성취역까지는 얼마나 멀까? 거리를 가늠할 수 없었다. 한참을 왔지 싶은데 성취역은 좀체 나타나지 않았다. 언저리만 맴돌다 돌아섰다. 그런 날은 마음이 바빴다. 즐거운 바쁨이었다. 근거 없는 자신감이 충만했으므로 열정 하나면 뭐가 돼도 될 수 있으리라 굳게 믿었다. 허나 착각으로 날뛴 자신감의 시간은 속절없이 흘러갔다. 이러다가는 정말 내 꿈이 젖은 속눈썹 아래 미완성의 문장으로 남게 될까, 염려스러웠다. 잎과 꽃이 하나 되지 못하는 상사화처럼 소원과 성취가 하나 되지 못하는 꿈이면 어쩌나, 불안하고 조바심이 났다. 급기야 울음을 껴안고 잠드는 날이 많아졌다.

물속에 훤히 보이는 돌도 막상 주우려면 아득하듯이 소원과 성취 사이 그 간극을 극복하기가 쉽지 않았다. 그때 갓바위가 한 가지 소원은 들어준다는 풍문에 솔깃해졌다. 찾아가 보기로 결심을 세웠다. 그분은 팔공산 관봉 꼭대기에 앉아계시는데 올라갈 수 있겠느냐는 걱정이 먼저 들려왔다. 아닌 게 아니라 갓바위 님과의 상견례 과정이 쉽진 않았다. 그날도 따가운 햇살이 춤을 추었다. 정수리에서 시작된 땀이 볼을 타고 흘러내렸고 등줄기는 수십 마리의 지렁이가 이동하는 듯이 스멀거렸다. 간간이 산바람이 불어와 할머니의 손부채질처럼 감미로웠지만 더위를 물리기엔 역부족이었다. 끝 모를 돌계단이 수시로 내 무릎을 시험했다. 갈망하는 것은 멀리 있고 포기라는 쉬운 유혹이 가까이서 흔들었다. 하지만 늦게 만난 꿈을 이뤄야한다는 포부만은 포기할 수 없었다.

관봉석조여래좌상은 원광법사의 수제자인 의현대사가 돌아가신 어머니의 극락왕생을 축원하기 위해 선덕여왕 때 조성한 것이란다. 나도 엄마가 있었지. 까막눈이셨던 당신은 자식들만큼은 도시로 내보내서 공부시킬 요량이었고 엄마의 꿈이었다. 층층시하에서 덜 먹고 덜 쓰고 푼푼이 모아놓으면 아버지는 노름으로 한 방에 털어 넣기 일쑤였다. 그게 우리 집 몰락의 징조라는 것을 가족들은 다 아는데 아버지만 몰랐다. 꿈을 잃고 몸져누운 엄마가 영영 못 일어났을 때 엄마의 노모께는 이 사실을 알리지도 못했다. 풀꽃들과 눈 맞추며 키 재고 놀던 내 어린 행복도 딱 거기까지였다. 엄마를 너무 오래 잊고 살았다. 의현대사의 효심이 불현듯 나의 불효를 상기시켜준다.

공양미를 꺼내 제단에 올리고 촛불을 밝힌다. 여전히 어색하다. 서툴고 둔한 몸짓을 누가 보기라도 하나 싶어 낯이 붉어진다. 얼른 뒤로 돌아가 부처님의 갓머리 끝자락도 보이지 않는 구석에서 엎드린다. 앞자리가 비어있어도 뒤로 가는 습관은 지은 죄가 많은 까닭일 게다. 얼굴에서 흘러내린 땀 때문에 기도방석이 홍건하다. 베갯머리의 꿈을 되뇌며 삼배를 드리려는데 손바닥이 미끄러지면서 이마를 찧고 말았다. 오늘 불공은 망쳤구나, 불길함이 끼어드는 찰나였다. 저 아래에는 꿈도 없이 살아가는 중생들이 많다고 누군가가 속삭이는 것 같다. 가만히 귀를 세우고 들으니 스님께서 약사여래불을 읊고 계신다.

삼성각과 공양간이 마주한 마당에 섰다. 오방색 등을 이고 소원과 성취 사이에서 서성이는 이들이 많다. 등에 달린 간절한 소원들이 꼬리지느러미처럼 파닥거린다. 활자화된 소원들은 구체적이다. '수능고득점 희망대학합격' 이 주를 이루는 걸 보니 수능이 가까워지고 있음이다. 자신을 위한 기도보다는 가족을 위한 기도가 대부분이다. 부끄럽게도 나는 아이들 대학입시나 남편의 승진을 바라며 공들인 기억이 없다. 그러나 우리나라에서 기도발이 가장 센 기도처가 어디일까 궁금하여 인터넷 검색 창에 물은 적은 있다. 팔공산 갓바위가 제일 위에 떠서 놀랐었다. 폭염에도 비지땀을 흘리며 많은 이들이 찾아오는 이유일 게다.

나에게 갓바위란 기도 도량이면서 기댈 공간이다. 변변한 비빌 언덕 하나 없다가 갓바위를 알고부터는 믿고 하소연하는 대상이 되었다. 시종일관 근엄한 표정에 살뜰함은 없지만 어떤 이야기를 풀어봐도 비웃거나 번질 우려가 없어서 든든하다. 늦은 꿈으로 동동거릴 무렵 판을 새로 짜라는 말씀과 헤어지고 돌아와 많이 아팠을 때도 갓바위 님께 푸념하며 상심을 달랬다. 한 가지 소원은 들어준다는 그 말의 참뜻을 되새겨본다. 설령 실패하더라도 꿈의 뒤꿈치를 꽉 붙들고 살라는 부처님의 진언이 아닐까, 그리 생각하자 제법 불제자가 다 된 거 같아서 웃음이 난다.

청정한 기운 한 자락 품고 이제 내리막 계단에 섰다. 소원과 성취 사이의 거리는 여전히 아득하지만 다진 각오만은 팔월의 팔공산 숲만큼이나 푸르다.

부부

    계곡을 채운 바람소리가 청량하다. 끌어안고 있던 근심들이 씻겨간다. 어둠이 핥고 지나간 풀냄새를 맡으며 동트기 전에 오른다. 상상의 여지가 많은 묽은 풍경이 좋다. 어느 부분을 오려도 한 폭의 수묵화가 되기에 부족함이 없는 그림이다. 짙은 안개가 하늘과 산의 경계를 지운다. 살다 보면 가끔은 내 삶의 경계도 말끔히 지우고 싶을 때가 있다. 한 장의 백지가 돼서 처음부터 다시 시작하고 싶은 것일 게다. 이슬에 젖은 흙이 신발 밑창에 달라붙는다. 그 찐득한 힘이 적잖은 무게감으로 전달된다. 어쩌면 나야말로 남편의 인생에 들러붙은 찰흙 같은 존재가 아닐까, 하는 생각이 스칠 때 나뭇가지에 앉았던 어둠이 마지막 몸을 턴다.

    명예퇴직이 늘고 있다는 뉴스가 우리에겐 반갑잖은 소식이었다. 서른두 해를 평교사로 봉직한 남편은 일찌감치 마음의 준비를 한 것 같았다. 낌새를 느낀 나는 아직 이르다며 말리느라 각을 곤두세울 수밖에 없었다. 아이들 결혼은 물론 작은애는 직장도 잡지 못해서 뒷바라지를 해주던 터라 '명퇴'란 말만 나오면 예민하게 반응하는 게 당연했다. 그러나 칼자루를 쥔 그가 덜컥 신청을 해버렸고 날마다 휴일이 되었다. 돌이킬 수 없는 상황인 줄 알면서도 받아들여지지 않았다. 수고했다는 인사는커녕 그이의 판단을 존중해 줄 마음이 터럭만큼도 없었다. 오히려 아내 의견을 무시한 결정이 섭섭해서 온갖 모진 표현을 동원하여 바가지를 긁었다. 젊음을 다 바친 일터를 떠나는 심정이 어떠할지는 내가 알 바 아니란 듯 준비 안 된 마음이 난폭해졌다. 팽 토라져 모로 누운 여름밤은 쓸데없이 길기만 했다.

우리 부부는 등산이 취미다. 산에서만큼은 완벽한 호흡을 자랑한다. 낯선 산을 타다보면 출발점이 멀어질수록 힘든 여정이 길어질수록 정상에 대한 기대감은 커진다. 그런데 막상 정상이란 데 올라서 보면 그 산이 그 산 같다. 인생의 정상이 어디인지 몰라도 비슷한 맥락일지 모르겠다. 나로선 단순히 밥의 문제가 아니다. 갑작스럽게 가장이 무직이 된다는 사실이 불안했던 것이다. 불안을 떨치기 위한 유일한 방법인 양 몇 날 며칠 골질만 부렸다. 그때마다 남편이 배낭을 챙겨 나를 데리고 나섰다. 생각이란 벽돌에 눌려 마른침만 삼킨 밤을 보내고도 울창한 숲을 앞서거니 뒤서거니 하다 보면 불통이 소통으로 바뀌어갔다. 한껏 격앙되었던 감정이 누그러졌다. 자연이 보내는 신호에 귀 기울이며 모자 끝으로 흐르는 땀방울을 훔치는 사이 삶의 자잘한 마찰들은 별것 아닌 것이 되었다.

'큰 집 천 칸이 있다 해도 밤에 눕는 곳은 여덟 자뿐이요. 좋은 논밭이 만경이 되어도 하루 먹는 것은 두 되뿐이다.' 명심보감의 한 구절이 떠오른다. 물질적 풍요가 중요하나 정신적 여유도 마찬가지라는 의미일 게다. '그래, 설마 밥이야 굶겠어. 여기서 더 반목하고 대립한들 달라질 게 뭐람.' 그리 생각하자 부질없는 미련이 제풀에 꺾였다. 객쩍어진 나를 내가 다독였다. 삼십 년 넘게 지켜봤지만 그는 결코 인생의 계산기를 옹골지게 두드리지 못하는 사람이다. 그렇다고 허투루 막살지도 않았으니 나름대로의 현명한 셈법이 있겠지, 그렇게 그냥 믿어보는 방향으로 내 마음을 돌렸다.

진달래와 철쭉이 자리바꿈을 했다. 그이가 나온 자리에도 누군가가 대신 앉았으리라. 걱정이란 콩나물처럼 쉽게 자라는 속성을 지녔을까. 아직 남편 퇴직이 공공연한 비밀이다. 시어머님은 당신 아들을 청춘으로 믿고 계신데 실망을 서둘러 안겨드리고 싶지 않아서 미루고 있다. 가정을 일구느라 젊음을 소진한 사람이 마침내 자유를 얻었다는 사실감이 반가우면서도 짠하다. 미처 내가 눈치 못 챈 그이만의 힘듦이 있었을지 모르는데 그 속을 헤아리기는커녕 물색없이 아집을 부렸나싶어서 뒤늦은 미안함이 생긴다.

새벽밥을 짓지 않아서 좋고, 와이셔츠 다림질을 하지 않아서 좋고, 현관에 쪼그려 앉아 구두를 닦지 않아서 좋다. 마음을 바꾸니 여유라는 이름의 휴가를 받은 것 같다. 적당히 나른하고 적당히 느슨한 지금이 나쁘지 않은데 왜 처음부터 흔쾌히 받아들이지 못했을까? 이제는 오히려 남편이 슬금슬금 내 눈치를 살핀다. 강하게 밀어붙인 그 자신감은 어디 갔는지 바쁜 일도 없이 허겁지겁 밥을 먹고 빈 그릇을 싱크대에 갖다 놓는가 하면 커피 물까지 올린다. 자상한 남의 남편이 부러운 적도 있었지만 측은지심을 유발하는 친절은 오히려 나를 쓸쓸하게 만든다.

숲이라는 무대는 참 묘하다. 다층적으로 펼쳐진 능선들이 평화롭다. 올망졸망 식솔을 거느린 족두리풀이 반긴다. 산에는 내가 몰라본 선물들이 많다. 카메라를 사이에 두고 그들과 눈인사를 나눈다. 그이가 숨을 고르며 목을 축일 때 곱슬머리가 반짝인다. 오늘따라 유난히 더 허옇다. '언제 저리되었지?' 내가 먹는 나이의 속도감에 지쳐 남편의 일신을 챙겨줄 여력이 없었다. 발원지에서 너무 멀리 흘러온 물줄기처럼 인정하기 싫지만, 어느덧 우리는 인생의 내리막길에 든 셈이다.

오늘 집에 가면 그동안 쑥스러워서 못했던 말들로 자분자분 늦은 대화라도 나누련다. 진정 원하는 취미활동 하면서 마음 편히 지내라고, 연금도 당신 보수니까 눈치 보지 말라고, 혀 밑에 눌러둔 말을 꺼낼 때가 된 것 같다. 주어진 몫의 임무를 탈 없이 마무리해준 것만도 충분히 고맙지 않은가. 종종거리며 달려온 속도를 내려놓고 마음의 보폭 맞추는 일에 더 신경을 써야겠다. 저만치 앞서가는 생각 너머로 복잡했던 내일의 염려가 단순해진다. 비로소 두렵던 삶의 지점들이 새롭게 보인다. 아직 눈에 들어오지 않은 미지의 풍경이 궁금할 뿐이다.

남편의 하소연

안타깝게도 올해는 유난히 청소년들의 자살이 많다. 자고 일어나면 인터넷을 뜨겁게 달구는 싸늘한 소식들에 가슴이 철렁한다. 집단 따돌림과 학우들 간의 폭력 그리고 성적 비관이 주요 원인이란다. 이런 불행한 일은 학부모는 물론이거니와 학교, 더 나아가 사회적인 문제가 된다. 누구 한 사람을 꼬집어서 책임지울 수는 없고 모두가 더불어 죄인이 아닌가 싶다. 한창 예민한 아이들의 감정 상태를 제대로 파악하고 100퍼센트 헤아리기란 힘든 일이다. 한둘 키우는 내 자식도 내 마음대로 어쩌지 못하는 판에 많은 학생들을 한꺼번에 관리 지도하는 일은 암만해도 한계가 있을 게다. 담임이라고 해서 그들의 일거수일투족을 담당하며 변화무쌍한 마음과 기분까지 읽어내기가 어디 쉬운 일이겠는가.

대한민국의 중2가 무서워서 북한에서 전쟁을 못 일으킨다는 웃지 못할 우스개가 왜 이 시점에서 생각날까? 세월이 많은 것을 바꾸어버렸다며 푸념하는 남편의 하소연이 늘었다. 과묵한 사람이 하는 말은 더 신뢰가 가는 법, 요즘 아이들 정말 대책 없다고 낙담하는 소리가 저녁 밥상 위에서 가을 잎사귀처럼 쓸쓸히 날린다. 훈계라도 하고 돌아설 때면 후불처럼 뒤통수를 치는 욕설을 감내해야 하는 것은 기본이란다. 아닌 게 아니라 요즘은 교사가 학생한테 맞았다거나 학부모한테 맞았다는, 믿기지 않는 뉴스들이 심심찮게 들린다. 잘잘못을 따지기 전에 참으로 서글픈 일이다.

그래도 나는 그이를 위로하기보다는 충고하기에 급급하다. 외벌이 남편 손에 딸린 우리 집의 밥줄이 더 중요하기 때문이다. 어디로 튈지 모르는 아이들을 사람 만들어보겠다는 욕심 부리지 말라고, 학생들 때려가며 가르치지 말라고 설교한다. 이미 세월이 다른데 그런 방법은 구식이고 안 통한다고 세뇌를 시킨다. 훌륭한 교사 되려다가 오히려 덤터기 쓰기 십상이니 그저 조심하는 것이 상책이라고 강조한다. 자칫하여 구설에 휘말리면 얼마 남지 않은 직장생활마저 못하게 될까, 염려하는 건 아내로서의 당연한 입장이 아니겠는가. 내 염려가 영 터무니없지 않다는 것을 그이도 충분히 알 것이다. 교사의 사명감은 사라지고 교직은 그저 하나의 밥벌이로밖에 구실하지 못하는 사회인 것을 인정하고 받아들여야지 어쩌랴.

남편한테 들은 이야기가 생각난다. 그이가 맡은 학급 성적이 꼴찌라는 것은 제쳐두고 장난이 지나친 녀석들이 많아서 문제 반으로 낙인이 찍혔다. 사고만 치지 않으면 다행이라는 마음으로 하루하루를 보내는 실정이었다. 그러던 어느 날 점심시간에 애들이 싸운다며 헐레벌떡 달려온 반장의 보고를 받았다. 긴 복도를 경보선수처럼 갔더니 교실바닥은 이미 나뒹구는 유리 파편들로 발 디딜 틈조차 없었다. 깨진 유리조각을 빗자루로 쓸어 모으느라 사태 파악할 겨를도 없는데 한 녀석이 당당히 자수를 했다. '마음대로 한번 해봐' 식으로. 반성은커녕 거드럭거리는 태도에 화가 나서 정강이를 걷어찼다. 아뿔싸! 차인 녀석은 자세하나 흐트러지지 않는데 발가락이 아파서 죽을 맛이다. 선생 체면에 차마 아픈 내색은 할 수 없고 서둘러 양호실로 갔다. 응급처치를 해도 슬리퍼 사이의 양말이 피범벅이다. 병원으로 갔더니 발톱이 깨지고 검지 발가락 골절 진단이 나왔다.

절뚝거리며 퇴근한 그이의 깁스한 발을 보고 화들짝 놀랐다. 자초지종을 듣고는 오히려 안심했다. 점잖은 사람이 오죽했으면 그랬을까 싶었으나 위로는 못하고 잘됐다고, 정말 다행이라고, 만약 학생이 다쳤으면 체벌교사로 당장에 모가지가 날아갈 일인데 얼마나 다행이냐고 그랬다. 체벌은 절대 안 된다고 누누이 당부했는데 당신답지 않게 왜 발길질을 했느냐며 상처 입은 사람을 닦달했다. 지극히 현실적이고 냉정한 아내 반응에 남편은 다친 상처보다 마음이 더 아프고 서러웠을지 모른다. 결국 하루를 결근하고 다음 날 출근했더니 녀석이 제 발로 교무실로 찾아왔더란다. 미안하긴 한가보다며 내심 반갑게 맞았더니 하는 말이란 게 더 가관. "제 몸이 좀 단단하지요?"라면서 거들먹대는데 정말 씁쓸하더란다. 인간으로서의 모멸감마저 느껴지더라고.

부쩍 명예퇴직이 많은 교육계 현상을 보면서 남편은 일찌감치 마음 준비를 하는 듯이 보인다. 아는 선생 누구누구가 명퇴를 했다는 둥 명퇴라는 말을 자주 입에 올린다. 그때마다 나는 심한 거부반응을 보이며 결사반대를 한다. 아이들 결혼 하나 안 시켰는데 가장이 덜컥 직장을 놓는다면 얼마나 당황스러울까. 상상조차 할 수 없다. 더 일하고 싶어도 정년이란 법제도에 떠밀려 나와야하는 걸 굳이 앞당겨서 그만 둘 일이 뭐냐며 반대의견을 확실히 심어놓지만 그래도 왠지 불안하다. 한편으로는 그이의 고충을 너무 몰라주는 게 아닌가, 미안하기도 하나 생활이 먼저인 것을 어쩌랴. 꿈 많고 열정 넘치는 선생으로서 눈망울 초롱초롱했던 초임시절의 그이 얼굴을 떠올려본다. 너무 멀리 와버린 시간들이 야속하다. 말수도 적을뿐더러 어지간해서는 속내를 드러내지 않는 사람인데 오죽하면 내게 하소연을 할까? 오늘은 슬쩍 그러나 진지하게 맞장구라도 쳐주어야겠다.

나의 우군友軍

부부란 무엇일까? 남녀가 만나서 꽃잠만 자는 것이 아니라는 건 안다. 서로 긁고 할퀴는 시간이 켜켜이 쌓여서 비로소 진정한 가족이 되는 것인지 모르겠다.

남편은 우군友軍인가라는 질문에 우군愚軍이거나 차라리 적군敵軍이라 답하고 싶다. 그는 첫 만남에서부터 말이 많은 사람은 아니었다. 무게감 있고 진중한 점이 좋았다. 허나 콩깍지는 오래 가지 않았다. 굳건하리라 믿었던 사랑은 쓸모없는 소모품처럼 되었다. 흔히들 여우하고는 살아도 곰하고는 못 산다고 하듯이 살아보니 지나친 과묵함은 벽을 끌어안고 사는 것과 같았다. 자고로 남자의 입 무거움이 미덕인 줄 알았지만 과도한 말 없음은 되레 싸움의 원인으로 작용을 했다. 말 한마디에 천 냥 빚도 갚는다는데 꼭 필요한 말조차도 아끼는 그가 답답하고 서운했다. 내게 정이 없는 건 아닐까, 의심하며 불안해했다.

시댁에서 남편의 존재는 지존 그 자체의 신분이었다. 빈농의 마을에서 최초로 대학을 시켰다는 사실이 하늘의 별이라도 딸 사람쯤으로 치부되었다. 성품이 수월하지 않은 어머님께 상대적으로 나는 눈엣가시였다. 고생고생 가르친 아들을 빼앗겼다는 피해의식에 사로잡혀 은근히 며느리를 갉았다. 낯선 집의 낯선 사람들과 적응하기도 벅찬데 생트집을 잡아 구박하면 벗어날 재간이 없었다. 홀시어머니 특유의 성정이려니, 그리 이해하기엔 내가 너무 어렸고 검은 눈동자는 마를 줄을 몰랐다. 누가 봐도 어머님이 '갑'의 위치였으나 효자 남편은 내 설 자리조차 마련해주지 않았고 번번이 국외자처럼 방관하기 일쑤였다.

결혼은 배추 숨죽이는 일과 같을 게다. 소금을 너무 많이 치면 짜서 김치 맛을 망치게 되고 너무 적게 치면 배추가 살아서 밭으로 도로 가려고 너풀거린다. 맛있는 김치를 먹으려면 기초 작업인 소금 뿌리는 일부터 방심해서는 안 된다. 결혼생활도 시작이 중요하다. 그러나 우리는 출발부터 삐거덕거렸다. 남자 하나 믿고 천릿길 마다않고 시집을 왔건만 그는 묵언 수행하는 불처사만 같았다. "당신 어머닌 왜 그러셔?" 하소연이라도 하면 아예 대꾸를 피했다. "이해해라" 이 한마디면 족할 것을 끝끝내 말을 아꼈다. 어지간한 사내라면 제 색시의 눈물바람 앞에서 약해질 법도 하건만 모르쇠로 일관하는 끈기가 노벨상을 받고도 남을 일이었다. 나는 그의 배우자가 아니라 모자母子간의 불화를 조장하는 배후자 같았다. 누구한테도 속마음을 털지 못해 삭이다가 결국 병원신세까지 지기에 이르렀다. 신경쇠약이라는 진단이었다. 남몰래 삼킨 울음과 신경안정제의 양을 그 누가 알까.

나는 바위를 부수려고 덤비는 달걀과 같다. 남편의 성격을 고쳐보려고 바가지를 긁고 싸움도 건다. 터지고 깨지면서도 단단한 바위에다 내이름의 실뿌리 하나 내리려고 발버둥을 친다. 부부란 한날한시에 어른이 돼서 세상에 없는 세상 하나를 함께 일구며 사는 아군이 아니겠는가. 그런데도 그는 믿는 발등을 내리찍는 도끼가 되기를 작정한 사람처럼 무심하다. 와중에도 절대 변하지 않는 예외가 있다. 마치 파블로프의 조건반사랄까? '시媤'라는 조건만 주어지면 자기네 식구들 편부터 들고 나선다. 댐의 수문을 열듯이 굳게 닫혔던 그의 말문이 열리는 순간이다. 시댁 이야기에 부닥치면 숨겨둔 언어의 날을 세운다. 고문변호사로 채용이라도 된 양 변명하며 둘러대기에 바쁘다. 그야말로 '남편은 남의 편' 이란 우스개가 진리처럼 딱 들어맞는다. 호미로 끝날 싸움이 가래 싸움으로 와전되기 십상이다.

첫애를 제왕절개로 낳고 산후조리를 하던 때였다. 친정 엄마가 안 계시니 시어머니가 뒷바라지를 하러 오셨다. 미우나 고우나 시어머니라도 계셔서 감사한 일이라고 내심 고맙게 생각했다. 그런데 어머님의 관심은 배를 열고 몸을 푼 며느리보다 당신 아들 챙기기에 급급했다. 하루는 아침 밥상에 달걀프라이를 딱 한 개만 해서 남편 앞에다 놓았다. 웬일인지 이 남자가 그것을 내 밥그릇 위에다 슬쩍 올려주었다. 끔찍하게 생각하는 모친 앞에서 그가 보인 작은 행동이 마치 혁명처럼 보였다. 나는 아무 말도 하지 않고 우걱우걱 먹어치웠다. 제 새끼를 낳은 암컷에 대한 수컷으로서의 원초적인 보호본능이었을지도 모른다. 그러나 바윗덩어리 같은 남자도 속정은 있구나, 그리 믿고 싶었다. 그때의 프라이 하나가 살면서 수없이 반복되는 달걀로 바위치기식의 싸움에서 극단적인 끝장을 내지 않고 휴전상태로 잘 이끌어주는 일등공신인 셈이다.

그야말로 장미꽃 같은 시간은 소낙비처럼 지나갔다. 그이도 어느새 세월의 더께가 앉아 반백이 되었고 퇴직을 준비한다. 아까운 시절에 무얼 위해서 그토록 치열하게 바가지만 긁어댔던 것인지, 돌아보면 아쉬운 후회뿐이다. 오히려 안 싸우는 부부가 더 위험하다는 말을 위로 삼는다. 전쟁은 앞으로도 부지불식간에 일어날 것이다. 백년해로의 한 방편이라면 적당한 싸움은 감수하련다. 어쩌면 남편의 벽돌 같은 성품이 단순하고 성질 급한 나를 떠받혀주는 대들보일지도 모르겠다는 생각이 든다. 이런 깨달음이 나를 더 슬프게 한다. 나이 먹었다는 증거 같아서.

아들의 슬리퍼

이른 아침 갓바위 님을 뵈러 나선다. 안전하게 정비된 계단을 두고 애써 산길로 돌아서간다. '돌다' 라는 동사는 내 삶과 많이 닮은 것 같아서 친숙하다. 살면서 빠르고 쉬운 길은 내 몫이 아니었다. 남들은 단박에 가는 것도 돌아가느라 한 발짝 늦기 일쑤였다. 출발이 늦은 자의 발걸음은 남몰래 종종거려야했지만 늦었다고 생각할 때가 가장 이르다는 말을 신앙처럼 믿었기에 조급하지 않았다. 산에서 만나는 지름길은 그만큼 경사가 심하기 마련이다. 그러니 살짝 돌아가는 것이 억울하지 않다. 게다가 이젠 나이 탓인지 지름길보다 우회적인 느림길이 더 좋다.

산바람은 이미 찬 기운을 머금었다. 정수리로 내리는 햇살의 체감온도가 다르다. 산길에서 만나는 꽃들도 자리바꿈을 했다. 여름 숲에 끼어 일가를 이루던 애기똥풀과 산수국을 대신하여 구절초, 쑥부쟁이가 잡목들 사이사이 소품처럼 다소곳이 피었다. 삶이란 무대에선 누구나 자신이 주인공이 되기를 바랄 게다. 하지만 나는 어느덧 내가 주인공이 되기보다는 자식들이 제 분야에서 빛을 발휘하여 각광받기를 염원한다. 오늘도 그 소망하나를 가슴에 숨기고 팔공산을 오른다. 딸애가 전문직 시험을 쳤고 노심초사 발표를 기다리기 때문이다. 걱정 사던 아들이 취업을 먼저 했으니 인생이란 참 모를 일이구나 싶다.

세 살 터울의 딸애는 어려서부터 제 앞가림을 야무지게 하는 반면 아들인 첫째는 어수룩했다. 몸집은 동생과 비할 바가 못 되는 게 성적은 동생의 그림자도 못 쫓는 형편이라 부모 속을 태웠다. 하나를 가르치면 셋을 깨치는 동생에 비해 셋을 가르쳐도 하나를 못 얻는 녀석이었으니 매번 비교 당하고 덩칫값도 못한다며 구박만 받았다. 딸애는 혼자 외국으로 어학연수를 떠나도 미더웠으나 아들은 방문만 나서도 걱정이었다. 밉다하면 더 미운 짓만 한다고 비만과 고혈압으로 신체검사에서 공익근무가 떨어졌다. 주변에선 잘된 일이라고 부러워했지만 나는 군대도 못 가는 놈이 밥만 잘 먹는다며 핀잔을 퍼부었다. 성에 차지 않는 자식 앞에서 대놓고 너는 왜 그것밖에 안 되냐며 닦달을 일삼았다. 소나기는 피하고 보는 게 능사란 것을 아는 것처럼 어미의 잔소리가 시작된다 싶으면 아들은 슬리퍼를 질질 끌고 현관문 밖으로 말없이 사라지곤 했다.

아들은 제 용돈이라도 벌면서 병역의무를 하겠다고 방위산업체에 입사했다. 공익근무를 하면 편하다는 걸 모를 리 없을 텐데 혼자 내린 결정이었다. 동생 뒷바라지에 벅찬 부모의 짐을 덜어주려는 속 깊은 선택이었음을 나중에야 알았다. 성적 부진한 거 한 가지 빼면 나무랄 데가 없는데도 아들을 눈엣가시로만 여겼다. 그러니 제 딴엔 주눅이 들고 얼마나 눈치가 보였을까? 산업체 근무에 충실히 임하는 것 같았다. 기름 묻은 작업복을 세탁할 때 마음이 쓰리지 않은 건 아니었지만 잘 배겨주는 것이 고맙고 기특했다. 그런데 1년을 막 넘어설 무렵 뜻하지 않은 사고가 났다. 회사의 연락을 받고는 하늘이 무너지는 줄 알았다. 손가락 하나가 절단되었는데 빠른 봉합수술로 다행히 완치가 됐다.

군필자가 되자 곧바로 기능대학에 들어갔다. 스스로 공부에 소질이 없음을 안듯 기술을 배워 취업하겠다는 각오를 보였다. 산업체 근무가 사회를 일찍 배운 계기가 되었는지 한층 더 어른스러워졌다. 학교생활에 의외로 적응을 잘했다. 교우관계도 좋고 성적도 우수하게 받아왔다. 적성이란 게 정말 중요하구나 싶었다. 3학기 차부터 교수님 추천을 받아 이력서를 넣기 시작했다. 서류전형에서 떨어지기도 하고 면접에서 떨어지기도 했다. 될 듯 될 듯 그러면서 좀처럼 쉽지 않았다.

졸업이 가까워질 즈음 대기업에 넣은 원서가 서류전형에 통과를 했다. 중소기업도 다 떨어졌는데 웬걸 되겠나 싶어 속으로는 별반 기대하지 않았다. 그런데 1~2차를 거쳐 3차까지 무난히 통과하는 게 아닌가. 하지만 기쁨도 잠시, 호사다마란 이런 경우에 쓰는 거란 듯 최종 발표만 남은 상태에서 신검을 다시 받으라는 연락이 왔다. 비만과 고혈압 수치가 아들의 발목을 잡나 싶어 가슴 졸였다. 그때 남편이 뜬금없이 갓바위나 가자고 제안했다. 허리가 아파서 출퇴근도 겨우 하는 사람 입에서 뜻밖의 말이 나오는 순간, 한 가지 소원은 들어준다는 이야기가 떠올랐다. 불교신자는 아니지만 그렇다고 달리 기댈 곳도 없었다.

자식을 위해서라면 무엇에든 매달려야했다. 기도의 형식조차 모른 채 절박한 심정만 앞서서 배낭에 쌀 한 봉지와 소원양초 한 자루를 사 넣었다. 그리고 우리 먹을 도시락과 사과 두 개, 물병도 챙겼다. 새끼 밴 강아지처럼 배낭의 배가 금세 불룩해졌다. 남편은 빈 몸으로 오르기도 힘든 상황이라 내가 가방을 둘러멨다. 서둘러 갔지만 관봉의 너럭바위 는 이미 사람들로 북적거렸다. 처음 해보는 일이 굼뜨고 어색했으나 쌀 봉지를 풀어서 공양대에 올리고 조심조심 양초에 불을 붙였다. 모두가 나만 쳐다보는 것 같아서 여간 쑥스러운 게 아니었다. 갓바위 님 모습 도 뵈지 않는 구석진 자리하나 겨우 찾아 절을 올렸다. 곁눈질로 옆 사 람이 엎드리면 엎드리고 일어서면 일어섰다. 어느새 나는 없고 엄마만 존재했다. 법문을 알리가 없었다. '나무아미타불 관세음보살' 귀동냥 으로 주위들은 이 한 구절만 웅얼웅얼 무한반복을 했다. 절을 몇 번 해 야 하는지도 몰랐다. 그냥 행운의 7이 생각나서 일곱 번까지 세다가 마 쳤다. 잔소리만 해댔지 자식의 중차대한 일에 어미가 되어선 해줄 수 있는 게 이리도 없구나, 생각하니 문득 자괴감마저 들었다. 어설픈 기 도를 끝내고 땀범벅이 돼서 내려오는 돌계단에 섰을 때였다. 갑자기 몸 이 허공으로 붕 뜨는 것 같았다. 이 기분이 뭐지? 놀라는 순간 등에 짊어 진 배낭을 비운 때문이란 걸 알아차렸다. 두 시간 넘게 산을 오르면서 느끼지 못한 무게감을 다 비우고 나서야 비로소 체감한 것이다.

　하루 종일 초조하게 발표를 기다리는데 좀처럼 연락이 오지 않았다. 남편도 일찌감치 퇴근해서 촉각을 곤두세우고 있었다. 텔레비전을 건 성으로 보고 있는데 "엄마, 됐어요." 아들이 방에서 소리를 질렀다. 컴퓨터 화면에 '합격'이라는 글자가 보였다. 서로 부둥켜안고 빙글빙글 어깨춤을 췄다. 나는 웃는데도 자꾸 눈물이 났다. 낡은 코안경을 걸친 남편도 눈시울이 붉어보였다. "우리 아들 고마워, 장하다" 했더니 "엄마 아빠가 갓바위에서 기도해준 덕이에요" 하는 게 아닌가. 구박을 그리 받으며 자랐으면서도 부모 공으로 돌려주던 녀석, 아들의 속 깊음이 나를 부끄럽게 만들었다.

갓바위와의 인연이 그리 시작되었다. 누가 물으면 망설이지 않고 불교신자라 말한다. '삼성맨'이 된 아들은 공부가 인생의 전부가 아니란 것을 몸소 보여주고는 사회로 나갔다. 부모 걱정만 사던 녀석이 반도체 분야 엔지니어가 되었을 때 아무나 붙들고 큰소리로 마구 자랑하고 싶었다. 혼자 있어도 싱겁게 히죽히죽 웃음이 났다. 그러다가도 아들의 빈방을 보면 눈물이 맺혔다. 덩치가 큰 만큼 빈자리도 컸다. 못해준 미안함이 뒤늦게 밀려들 때면 아들의 슬리퍼를 들고 앉아서 비누칠을 했다. 녀석의 앞날에 반짝반짝 윤이 나길 바라는 마음으로 박박 문질렀다. 귀에 거슬리기만 하던 신발 끄는 소리가 어느새 그리움이 되어있다.

기도는 절박할수록 단순해지는 거 같다. 오늘은 딸애의 합격을 빌러 가는 길, 서두르지 않고 한 걸음 한 걸음에 정성을 담는다. 진정한 기도는 가는 도중에 다 하는 거라던 누군가의 말을 곱씹으면서.

가족의 자격

동생의 사고가 사고 이전처럼 되지 않고 자꾸 엉뚱하게 흘러간다. 앞뒤가 맞지 않는 헛소리가 심해진다. 오늘 밤은 탈 없이 넘어갈 수 있을지, 조바심이 조밥처럼 끓는 저녁이다. 아픈 사람은 아픔을 자초한 죄라도 있지만 죄 없는 남편이 감당해야할 고생을 생각하면 머릿속이 타다만 연탄재만큼 무겁다. 병실에 보호자 침대가 하나뿐이라서 한 명은 휴게실에 앉은 채 밤을 새야한다. 그래서 난 집에 남고 남편 혼자 옷가지를 챙겨 다시 올라갔다. 지난번에 급히 가느라 준비가 안 돼서 아들한테 하룻밤 맡겨놓고 내려온 참이다. 장기전이 될 거 같으니 며칠씩 교대를 하자고 의견을 모았다. 이사한 새집에서 자는 것보다 병원에서 자는 날이 더 많다는 그이의 뼈있는 농담이 명치에 걸려있다.

모든 불행은 청천벽력처럼 오는 것일까? 추석날 늦은 저녁에 받은 전화 한 통이 잔잔한 일상에 파문을 일으켰다. 액정에 뜬 막냇동생 이름만 보고 명절을 맞아 안부 전화 한 줄 알았다. 보호자를 찾지 못한 대학 병원 원무과에서 온 연락이었다. 열흘간의 유례없이 긴 연휴, 역까지 가는 택시 잡기가 너무 힘들었지만 다행히 기차표가 있었다. 자리에 앉아서도 불길한 상상이 몸피를 키웠다. 의식이 없는 상태고 뇌출혈이 있다는 말을 곱씹으며 생각이 자꾸 방정맞은 최악으로 치달았다. 울음도 너무 놀랐는지 눈물 한 방울 나지 않았다. 기차는 연착 없이 당도했다. 허나 서울역에 내려서 한 줄로 택시를 기다리는 시간이 기차 소요시간과 맞먹었다. 하필이면 명절에 이런 일이 터졌냐고, 다친 동생을 원망하면서 발만 굴렸다.

응급실에 들어서자 보호자 접수부터 챙긴다. 술 냄새가 진동했고 사고 현장에 자전거와 헬멧이 널브러져 있었다는 목격자의 진술과 119구급차에 실려 왔다는 이야기를 전달 받았다. 내가 도착했을 때까지도 의식이 없었다. 출혈이 멈췄다는 것, 뇌수술은 피했다는 것이 절망 속의 희망이었다. 이혼하고 혼자 생활하던 동생이 명절날 쓸쓸한 기분에 못 이겨 한잔 마시고 자전거를 탔다가 사고가 난 것으로 추정됐다. 까마귀 날자 배 떨어진다고 올해 윤달에 삼촌의 주선으로 조상 묘에 손을 대서 그런 게 아닐까 내심 그런 생각도 들었다. 나는 응급실에서 꼬박 뜬눈으로 밤을 지새우고 남편은 보호자대기실에 앉아서 밤을 보냈다.

다음날 아침, 동생의 의식이 돌아왔다. 아니 잠에서 깼다는 표현이 더 정확하겠다. 겨우 눈은 떴지만 횡설수설했다. 술이 덜 깼냐고 나는 그 와중에 야단부터 쳤다. 의사도 단순하게 생각한 것인지 퇴원해서 동네 작은 병원으로 옮기라 했다. 똑바로 서지 못하고 비틀대는 것이 남아있는 술기운 때문이라 여긴 것 같았다. 의사 말을 믿고 퇴원을 시켰다. 택시를 탔으나 집을 기억하지 못해 도로 입원하는 해프닝이 벌어졌다. CT 검사에서 나타난 출혈 흔적은 시간이 가면 저절로 해결된다더니 시간이 갈수록 증세가 더 나쁘게 나타났다. 결국 MRI를 찍었고 뇌가 부었다는 판독이 나왔다. 그 영향으로 기억을 담당하는 부위에 문제가 발생한 것 같다며 지켜보자 했다. 지켜보기로 한 것이 벌써 한 주가 지났다. 호전의 기미는커녕 자꾸 엉뚱한 말을 해서 불안을 가중시킨다.

　동생은 5인실에 누워있다. 창밖으로 남산타워가 보이는 방이다. 다른 침대에 계신 환자도 모두 남자들이다. 각기 다른 병증이지만 환자의 아내가 바라지를 한다는 공통점이 있다. 배보다 배꼽이 더 크다는 말처럼 병원비보다 간병비가 더 걱정이란다. 우리도 사흘간은 간병인을 썼다. 하루 8만 원의 비용이 부담돼서 남편과 내가 맡고 있다. 돈도 돈이지만 남의 손에 맡기면 믿기지 않아서 직접 보살핀다는 이도 있다. 가래를 뽑아주고 운동을 시켜야하는데 미덥지 못하다는 것이다. 보호자들 중에서 제일 젊은 여인이 자꾸 눈에 띄었다. 호스를 통해 미염을 주입하는데 변을 보면 냄새가 지독했다. 반대편에 있어도 코를 막을 지경인데 기저귀를 가는 그녀는 인상하나 찌푸리지 않았다. "잘했어, 수고했어." 아이 다독이듯이 칭찬하며 팔다리를 주무르는 모습에 숙연해졌다. 부부란 저런 것이지, 동생은 왜 이혼을 했을까? 늦은 궁금증이 찾아왔다. 병원에서 바라보는 풍경은 인생교본 같다. 밖에서는 알 수 없고 배울 수 없고 느낄 수 없는 그림들이 그 안에 존재한다.

　동생 명의의 통장과 카드를 살폈다. 병원비 마련과 퇴원하면 2차 기관으로 옮겨야할 대책을 세우려는 이유에서다. 과부 삼 년에 쌀이 서 말, 홀아비 삼 년에 이가 서 말이라 했던가. 알뜰살뜰 잘 살았으리란 기대는 없었다. 하지만 나이 오십이 되도록 뭐했을까 싶을 만큼 당혹스러웠다. 내가 찾지 못한 것이 더 있을지도 모르지만 지난봄부터 150만 원씩 붓기 시작한 적금이 재산의 전부다. 그나마 '실손보험'에 가입된 것이 큰 다행이다. 실망과 걱정을 오가는 사이 궁핍한 삶을 내색하지 않고 손 벌리지 않은 동생의 속 깊음에 가슴이 저렸다. 어쨌든 이번 고비를 잘 넘기고 일어난다면 얼마든지 재기할 수 있으리라 희망을 건다. 내 희망에 부응하듯 동생이 밥은 잘 먹는다. 어떤 이는 그마저도 정상이 아니라며 걱정을 보태지만 내 소견은 잘 먹어야 회복이 빠를 것 같아서 위안이고 안심이다.

가족의 자격이란 무엇일까? 가족을 위해 무엇을 특별히 잘한다기보다 제 앞가림만 하고 살아도 고마울 것 같다. 그게 도와주는 일일 게다. 심리적인 전염이랄지, 병원에 있으면 병이 없어도 아픈 사람처럼 맥이 풀린다. 애들은 왜 엄마 아빠가 외삼촌을 돌보느냐며, 그러다 몸살이라도 나면 어쩔 거냐고 부모 걱정을 앞세운다. 팔이 안으로 굽는다고 당연한 것일지 모르겠다. 한 다리가 천 리란 말이 있듯이 사촌도 먼 세상 아닌가. 간병인 비용 반을 보탤 테니 무조건 사람을 쓰자는 아들의 전화를 끊고 자리에 누웠다. 쪽잠 자며 고생할 남편 생각에 잠이 쉬 들지 않는다. 추석을 훌쩍 넘긴 달의 배가 몸 푼 산모처럼 홀쭉해진 밤이다.

이름에 대하여

"어머, 이름 참 예쁘네요."

"본명이세요?"

이런 인사를 받다보면 은근히 기분이 좋다. 하지만 굳이 2절까지 말하지 않아도 되는데, 질문자의 솔직한 호기심에 뜨끔해진 마음이 살짝 불편하기 일쑤다.

과연 자기 이름에 만족하는 사람이 몇이나 될까? 사주팔자처럼 본인의 의지와 상관없이 붙여진 것이 이름 아닌가. 이름에 대해서라면 특별히 할 말이 많다. 나는 4남매의 장녀. 할아버지께서 항렬行列에 맞추고 또 고추밭에 터를 팔라는 심오한 의미로 중성적인 이름을 호적에다 올리셨다. 아명兒名이 따로 있어서 취학 전까지는 가족들 그 누구도 몰랐다. 비밀 아닌 비밀이 초등학교 입학과 동시에 탄로가 났다. 매미의 유충처럼 8년 동안 면사무소 어느 서랍에서 깊은 잠을 자던 본명이 크

나큰 혼란을 몰고 온 것이다.

피해자는 단연 이름의 주인인 나였다. 발음조차 쉽지 않은 낯선 글자가 도무지 입술에 달라붙지 않았다. 손수건 명찰에 적힌 이름 때문에 수치심마저 들었다. 친구들의 다정한 부름에도 귓바퀴에서 돌려보내기 급급했다. 특히 선생님의 호명에는 큰 죄를 지은 양 얼굴이 화끈거려서 '예' 라는 짧은 대답이 목구멍 속으로 기어들어만 갔다. 동병상련이랄까? '김계년' 이라는 아이가 있었다. 그 친구도 자신의 이름에 불만이 많았다. 차라리 내 이름이 낫다고 말해주었다. 하지만 위로가 되진 못했다. 이름을 바꾼다는 것은, 바꿀 수 있다는 것은 상상조차 할 수 없었다. 그리고 그땐 이미 할아버지가 고인이 되셔서 따져 물을 수도 없었다. 아무튼, 당신의 셈속대로 내가 터를 잘 팔았는지 어쨌는지 남동생만 내리 셋을 두었고 고명딸로서 많은 사랑을 받으며 유년을 보낸 것은 사실이다.

콩과 식물에 해당하는 것 중 개도둑놈의갈고리라는 것이 있다. 털의 많고 적음에 따라 털도둑놈의갈고리, 민도둑놈의갈고리, 큰도둑놈의갈고리, 애기도둑놈의갈고리 등등으로 불린다. 꼬투리 끝의 갈고리가 옷에 잘 들러붙는다고 해서 붙여진 이름이다. 야릇한 이름을 가진 야생화 가운데 최고의 갑은 개불알꽃이 아닌가 싶다. 꽃봉오리 모양이 개의 그것과 닮았다고 해서 붙여졌다. 이 밖에도 며느리밑씻개, 며느리배꼽, 애기똥풀, 노루오줌, 방귀버섯 등속도 그들 입장에서 보면 얼마나 황당하고 기분 나쁜 이름이겠는가. 식물명은 대개 그 식물의 생긴 모습을 따서 붙였기 때문에 이름만 들어도 특징을 유추할 수가 있다. 대부분

꽃이나 잎의 모양과 색깔에 의해서 결정되지만 더러는 열매나 뿌리의 특색을 따르는 경우도 있다. 어쨌든 사람의 편리가 우선시 된 명명들이다. 그러니 다소 입말이 거칠고 거북하다 해서 굳이 개명하여 순화할 필요까진 없을 게다. 그리되면 특성을 살리기가 어려울 뿐만 아니라 개성이 사라질 수도 있으니까. 그러나 나는 꽃들에게 본명을 고수해야 한다고 말할 자격이 없다.

전업주부로 살다보니 누구의 아내, 누구의 엄마, 그리고 아파트 호수가 나를 지칭하는 경우가 많다. 가뜩이나 실명에 대한 콤플렉스가 심한 터에 퍽 다행스런 일이다. 문화센터나 교양강좌를 듣기 위해 나가는 장소에서는 당연히 가명을 쓴다. 신기하게도 가명이라는 것이 가면 역할을 해주는지 없던 용기가 생긴다. 실명을 가장 감추기 좋은 곳은 닉네임이라는 대명을 사용하는 인터넷 공간이다. 물론 글쓰기에서도 필명이란 게 있어서 별반 문제가 안 된다. 그러고 보니 나를 대신하는 이름이 다양하다. 하지만 금융실명제가 시행되고부터 은행거래를 트거나 또는 병원이라도 갈라치면 인정사정없이 본명만 통한다. 나로선 불만일 수밖에 없다.

오매불망 새뜻한 호적 이름이 부럽던 나머지 결단을 내렸다. 조상님께는 죄송하지만 반백 년을 벼르고 망설인 열등감을 내 손으로 처리하자 결심하고 실행에 옮겼다. 막상 불효녀가 되기로 작정하니 두려움은 커녕 미련도 없었다. 그런데 법적인 절차가 생각밖으로 간단해서 오히려 놀라웠다. 변호사비 30만 원, 작명비 5만 원이 들었다. 해묵은 소원 풀이치고는 비용도 저렴했다. 드디어 병적일 만큼 싫어서 제대로 정 한

번 준 적이 없는 이름이 가고 새로 간택된 나만의 고유명사가 왔다. 갱신한 주민등록증을 받아들자 마치 갱생한 사람처럼 콧노래가 절로 흘렀다. 이제 어디를 가든 누구의 호명을 받든 자신감 있고 당당한 내가 되었다.

신분 세탁이랄까, 남을 속이기 위한 나쁜 목적으로 개명하는 이도 있다고 한다. 단지 본인의 열등감을 해소하기 위한 개명이라면 사정은 다른 것이다. 사람의 운명과 길흉 따위를 판단하는 학문으로 '성명학星命學'이라는 것이 있다. 이름을 함부로 짓거나 가볍게 생각할 수 없음을 증명해준다. 부모님이 일방적으로 지었지만 탈 없이 잘 사는 사람들이 대부분인데 나만 유난스러운가 싶기도 하다. 하지만 불리는 내가 싫은데 어쩌겠는가. 얼굴만큼이나 첫인상을 가늠하는 일에 중요한 역할을 하는 이름, 이왕이면 부르기 좋고 뜻이 깊은 이름으로 살고자 하는 것은 인지상정일 게다. 개명은 내 인생의 반전 아니 대혁명이었다.

가만히 내 이름을 불러본다. 소심하게 살아온 날들이 기포처럼 흩어진다. 꽃바람이 분다. 보이지 않는 것이 보이고 들리지 않는 것이 들린다. 결국 행복의 임계점은 자기만족이라고 위무하는 시간이다.

다음이라는 다음

 양주동 박사의 '몇 어찌' 라는 작품을 읽는다. 자칭 인간 국보 제1호라고 주장하신 그분의 업적이야 내가 다 꿸 수조차 없다. 그런데 그 많고 많은 국문학사적 공적에도 불구하고 왜 하필이면 뜬금없이 '강경애' 라는 작가가 먼저 떠오르는 것인가. 참 낭패스러운 순간이다. 어쩌면 이 언급은 두 분 모두에게 실례거나 무례일지 모른다. 그렇다고 게워 오르는 김장독 누르듯이 올라오는 기억을 꾹꾹 눌러 잠재울 재주도 없다. 기억은 기억 바깥에서 서성이는 나를 부추긴다. 두 눈 속에 길이 나있고 그 길 위로 어정쩡한 미련이 도착한다. 민첩한 동작으로 핸들을 빼앗고 브레이크를 밟아야 할 것 같다. 타이밍이 얼마나 중요한가를 알고 있기에.

 탄력받은 기억이 한 마리 연어처럼 만학시절로 거슬러 오른다. 흔히들 한 곳에 정신 팔면 딴 건 눈에 들어오지 않는다는데, 이 말에 백번 공감한다. 남들보다 더 치열하게 노력해도 따라가기 시원찮을 판에 학점 관리는 등한시한 채 시를 쓰겠다는 일념뿐이었다. 평생교육원을 전전하며 발품을 팔고 다녔다. 유난히 어두운 길눈과 낯가림도 시를 향한 열정을 꺾지 못했고 지독한 차멀미도 문제 삼지 않았다. 시詩가 어제와 다른 내일을 열어줄 것이라 믿은 건 아니다. 다만 뒤늦게 인생 목표를 찾았는데 무모해도 도전을 멈출 수 없었다. 전공 서적은 밀쳐놓고 죽자구나 시만 좇은 셈이다. 맹목적이었고 지독한 짝사랑이었다. 짝사랑의 최후가 어떨지에 대한 결과는 개의치 않았다. 두 마리 토끼를 잡을 만한 깜냥이 못 된다는 것도 알고 있었다. 그럼에도 미친 듯 매달리고 집착했다.

내 안의 또 다른 내가 수시로 충고와 경고를 반복했다. 무슨 배짱인지 귀 기울이지 않았다. 결국 안심과 방심 사이에서 태어난 것은 과락이었다. 두 과목이나 펑크가 난 건 사필귀정, 당연한 결과였다. 속상함은 물론 알량한 자존심에 실금이 생겼다. 아이들한테 공부 열심히 하라 닦달해놓고 염치가 없었다. 하지만 금세 평상심을 되찾았다. 한눈팔지 않고 성실하게 학점 관리한 동기들은 제때에 졸업을 했고 나는 9학기 등록을 했다. 그나마 친구 한 명이 있어서 서로 의지가 됐다. 와중에도 두 과목쯤이야 눈감고도 학점이수 하겠다 싶은 시건방진 용기는 죽지 않았다. 근거 없는 자신감과 대책 없는 낙천성이 맞닥뜨리면 타고난 내 유전인자에 감사해야할지 원망해야할지 헷갈린다.

다음이란 다음은 거리 가늠이 안 돼서 불안하기도 하지만 다행스럽기도 하다. 유급 상황이 학생 신분을 연장해주는 기회라 여기고 즐겁게 받아들였다. 유별난 취미랄까? 교과서 외적인 이야기에 더 솔깃했다. 그러니까 유명인의 연애 뒷담과 같은 사생활 언저리가 흥미로운 것이다. 지루한 강의를 듣느라 게슴츠레해진 눈을 번쩍 뜨고 한쪽으로 찌그러진 귀를 곤추세웠다. 한 예로 본문은 흔적도 없고 쉼표 같은 양주동 박사와 강경애 소설가의 러브스토리가 기억 창고에 쟁여져 있다. 동서고금을 막론하고 처녀와 유부남의 사랑이야기는 널리고 널린 에피소드일 게다. 그런데 난 왜 아무런 까닭도 없이 강경애란 작가에 대해 연민이 생겼는지 모르겠다.

국문과 교수님 세 분과 전국에서 모인 만학도 아줌마들 50명이 중국으로 문학기행을 갔다. 주관하신 A교수님이 7박 8일간 가이드를 해주셨고 학문과 관련 있는 곳을 중점적으로 살펴볼 수 있었다. 용정에서 일송정으로 가는 길은 휘어진 산길이었다. 미니버스 두 대에 나눠 타고 이동하는데 친구와 난 1호차에 탑승했다. 무심코 창밖을 보다가 '강경애문학비' 안내문이 눈에 띄었다. 다짜고짜 차를 세워달라고 A교수님께 청을 드렸다. 1호차가 서면 영문 모르는 2호차도 서야 한다면서 스케줄 이유를 대며 단칼에 거절하셨다. 일곱 살짜리 떼쓰듯이 졸랐다. 버스 안이 소란해지자 다들 나만 쳐다봤다. 뜨악한 표정엔 '웬 별난 여자?'라고 읽혔다. 내 완고함에 마지못해서 교수님이 거수투표에 들어갔고 친구 옆구리를 찔러 손을 번쩍 들었다. 달랑 우리 둘 뿐이었다. 강경애가 누군지 모른다는 속삭임 속에 "너는 다음에 다시 와야겠다.", 교수님 말씀이 섞여 들렸다.

과연 다음이란 다음은 언제까지 유효한 것일까? 다음에 차 한잔하자,

다음에 얼굴 한번 보자…. 내남없이 너무 쉽게 남발하는 단어 다음은 영영 오지 않을 수도 있다. 우리는 그 사실을 알면서도 간과하고 산다. 손해사정사라는 직업을 가진 시인이 계셨었다. 그분께 의뢰인을 소개했던 적이 있다. 일이 잘 마무리 됐고 수임료가 들어왔다면서 맛있는 저녁 한 그릇 사겠다는 연락이 왔다. 뭐 그리 급한 것도 아니다 싶어 한더위나 지나거든 뵙자고 다음으로 미루었다. 그런데 가을보다 그분의 부고장이 먼저 날아와서 안타깝고 황망했던 일화가 잊히지 않는다.

'몇 어찌'가 마중물이 되어 세월의 간격을 단숨에 건너뛴다. 기억과 기억이 오가는 데는 걸림이 없고 경사도 없다. 뾰조록이 웅크린 장면들이 오래 기다렸단 듯 기지개를 켠다. 추억과 아쉬움이 자웅동체로 붙어 있다. 마치 어제 일같이 선명하다. 돌아오지 않는 시간은 돌아앉은 기다림처럼 아득한데 이럴 땐 그리움도 허탈함도 같은 자세로 누워있다. 그날 만약 버스에 동승했던 동문들이 내 마음을 헤아려 손을 들어주었더라면, 오늘 이런 미련은 남지 않았을까? 영원한 미래 시제인 낱말 다음이란 다음을 향해 용정 비암산 자드락길을 생각이 혼자 오르고 있다.

칭찬

칭찬에 목마른 사람은 이해할까? 거룩한 성장을 위한 매질일지라도 맞는 날이 길어지면 칭찬의 달콤한 함정이 그립다는 것을. 칭찬의 늪이라면 발목이 빠져 석 달 열흘 못 나와도 좋을 거 같다. '이만하면 됐어' 누군가의 인정이 얼마나 큰 위로겠는가. 사람으로부터 최고의 것을 이끌어내는 방법은 인정해주고 격려해주는 것이라 하지 않던가. 말 한마디에 천 냥 빚도 갚는다는데 용기를 얻고 자신감을 챙기는 것은 당연하리라.

하루에 비행기를 두 번이나 탔다. 입으로 태우는 비행기는 더 어지러웠다. 문우들과 '팥고집'에서 팥죽을 주문해놓고 기다리는데 옆에 앉은 J가 뜬금없이 내 나이를 물었다. 예순이 코앞이라 했더니 깜짝 놀라는 게 아닌가. 그동안 40대로 보았다면서 어떻게 관리하면 그런 동안童顔이 되느냐고, 비결이 무엇이냐고, 느닷없이 비행기를 태웠다. 우리 딸이 증인이다시피 내 얼굴에다 투자하는 거 인색한 사람이다. 마사지는 커녕 세수도 않고 지내기 일쑤다. 유난히 땀이 많다. 땀이 노폐물을 제거해 주어선지 피부 좋다는 말은 종종 듣는다.

여인들의 입술에 얹혀 높이 날다가 막 제자리로 착륙하던 참이었다. 시간은 정오를 지난 지 한참, 배가 고파서 헛말이 나오는 것일까? 나 몰래 모의라도 한 것일까? 이번에는 건너편 탁자의 L선생님께서 비행기를 태우기 시작했다. 연거푸 타는 비행기는 멀미가 날 만큼 혼미했다. 필력이 천재 수준이라며 혼자 힘으로 공모전에 당선되기가 쉬운 거냐고 치켜세우셨다. 다른 선생님들까지 맞장구를 치시는데 반납할 적절한 말이 떠오르지 않았다. 몸 둘 바를 몰라 '아니에요' 라고만 반복했다. 무슨 일이든 제 깜냥으로 하는 것이 당연하거늘, 민망해서 표정 관리가 되지 않았다. 다행히 팥죽은 그래도 입으로 들어갔다.

집에 돌아와서도 낮에 탄 비행기의 여흥으로 피식피식 웃음이 났다. 남편이 그 모습을 보고 무슨 좋은 일이 있냐며 같이 웃자고 끼어들었다. 상기되고 흥분한 말투로 두서없이 낮의 일화를 늘어놓았다. 그이가 호쾌하게 웃었다. 웃음의 의미는 알 수 없지만 기분 나쁘게 들리진 않았다. 누군가로부터 받는 호평은 진위여부를 따질 이유가 없다. 허울뿐인 포장일지라도 감싸준다는 사실이 얼마나 감사한 일인가. 동안童顏이라는 비행기도 좋았으나 솔직히 태어나서 처음 타보는 천재란 비행기가 더 좋았다. 물론 칭찬과 실제 사이에는 엄청난 거품이 존재한다. 그럼에도 불구하고 단순한 나는 기분 좋은 티를 숨길 수가 없었다.

칭찬은 고래도 춤추게 한다는 말이 있다. 우리 집 천리향도 아름답다,

향기롭다 해주니까 매년 더 아름답고 향기롭게 피는 것일 게다. 하물며 사람이야 어떻겠는가. 조금 부족한 아이도 잘한다, 잘한다 하면 더 잘하려고 애 쓸 것이 자명하다. 칭찬의 효능에 대한 사례들은 많다. 그런데도 우리는 세금 없는 칭찬을 필요 이상 아끼면서 산다. 오히려 상대방을 깎아내림으로써 자신이 올라간다고 믿는 경향이 있다. 톨레랑스 tolerance는 관용의 정신이다. 자신과 타인의 차이를 인정하고 그 차이에 대해 너그러운 마음을 갖는 것을 의미한다. 그러니까 남을 인정하면서 더불어 나도 인정받는다는 개념이다. 되로 주고 말로 받는다는 속담은 호평도 혹평도 결국 같은 공식의 셈법이지 않을까?

늦깎이로 시작한 문학의 길은 녹록지 않았다. 성질 급한 기대는 앞서가고 못 따라오는 결실이 쭉정이만 만들었다. 스트레스가 버거워서 발을 빼고 싶었을 때 모 선생님께서 해주신 "자네 시적 센스가 있군." 이 한마디를 곱씹으며 견뎠다. 허나 타고난 능력은 키울 수 없었고 열정마저 시들해졌다. 그 무렵 "문장력이 좋으니까 수필을 써보는 건 어때?" 교수님 말씀에 눈물이 났다. '시는 소질이 없어.' 로 해석됐기 때문이다. 그런데 뜻밖에도 수필이란 단어가 식은 열정을 되살렸다. 막무가내 썼다. 마치 바닷물에 길들여진 물고기처럼 익숙하고 즐거웠다. 선무당이 사람 잡는다는 속담을 증명할 만한 일이 생겼다. 초짜가 배짱 좋게 응모한 도전에서 큰상을 탔다. 칭찬을 칭찬으로 받지 못한 속 좁은 눈물이 부끄러웠다.

평생공부란 말이 평범해진 세상이다. 도서관 무료 강좌를 듣는다. 호사가들은 아직도 배울 게 남았냐고 한마디씩 한다. 어떤 선생님께서 내 습작을 읽으시고 "저보다 잘 쓰십니다." 하면서 용기를 북돋아주셨다. 발표작에 달린 악플 때문에 상처받은 경험을 털어놨더니 그런 거 신경 쓰지 말고 열심히 하라며 응원해주셨다. 자존심 모서리에 접혀있던 기가 살짝 펴졌다. 난 이미 사랑의 매를 맞고 자랄 나이가 지나선지 작은 채찍에도 풀이 죽는다. 사탕발림 한마디가 누군가에겐 보약이 될 게고 누군가에겐 독약이 될 게다. 거짓과 진실의 경계는 모호하지만 마음이 지옥일 때 듣는 한마디 칭찬의 효력은 방부제만큼 수명이 길지도 모른다.

소심한 사람에겐 선의의 거짓 칭찬이 희망을 줄 수도 있으리라. 진심 어린 지적질보다 빈말의 칭찬에 마음이 더 기우는 나는 어쩔 수 없는 소인배다. 잘못을 지적해주고 올바르게 가르치는 스승에게 감사할 줄 알아야 한다. 하지만 노력해도 안 될 때는 거짓말 칭찬이라도 슬쩍 해주면 고맙지 않겠는가. 이미 아프면서 자랄 청춘이 아니기에 말의 매질, 그 절망이 주는 심리적 통점이 그만큼 더 깊고 쓰린 것이다. 칭찬은 칭찬 속에서, 가식은 가식 속에서, 푸르고 아름다운 가면을 바꿔가며 나름의 쓸모 있는 방향으로 성장하지 않을까? 지나친 모순이고 역설인가?

나는 사람살이의 힘이 칭찬이라고 규정해 본다. 불순한 의도가 아니라면. 과학적인 힘 말고 주술적인 힘 같은 것 말이다. 만학과 시와 수필을 공부하며 여러 선생님들을 거쳤다. 채찍보다 당근을 주신 분들이 기억에 오래 남는다. 당근으로 부실한 실력을 보충하며 지난한 길을 버틴 원동력이 됐다. 글 같지도 않은 글을 '저보다 잘 쓰십니다.' 란 격려로

기를 살려주신 배려가 보약으로 작용했다. 한 번도 고마운 마음을 드러낸 적은 없지만 나만의 부적이다. 물이 흐르면서 만드는 궤적처럼 언젠가는 내가 쓴 글들이 쌓여 인생의 궤적을 만들 것이라 믿는다. 나도 이제 칭찬이 고픈 누군가에게 따뜻한 칭찬을 하리라. 과하지 않게 그러나 과감하게.

달라진 남편

요즘 칠십은 청춘이라고들 한다. 백세시대를 살고 있다는 반증에서 나온 말이리라. 그런데 겨우 칠십 고개를 넘어선 시누이 남편이 별세하여 조문을 다녀왔다. 서울까지 가는 방법은 비행기도 있고 KTX도 있고 고속버스도 있다. 그리고 승용차를 이용하는 길도 있다. 망인이 조금이라도 더 이승에 머물 수 있기를 바라는 부질없는 기대를 했을까? 우리는 일부러 느리게 가는 무궁화호 열차에 몸을 실었다. 편도 네 시간 거리를 오가며 남편과 많은 이야기를 나누었다. 평소엔 답답할 만큼 말이 없는 사람이다. 어쩌다 내가 말꼬를 열면 단답형으로 겨우 응답만 하는 편인데 네트를 사이에 두고 셔틀콕을 넘기는 배드민턴의 릴레이처럼 길게 주고받았다. 대화의 요지는 '삶이 참 별거 아니구나.' 하는 내용이었다.

흔히들 일이 잘 안 풀리고 죽을 만큼 힘들 때 장례식장이나 화장장에

가 보라고 권한다. 한 인생의 마지막 모습과 맞닥뜨리면 애면글면 욕심 부릴 것 없다는 교훈을 얻는다는 게 아닐까? '개똥밭에 굴러도 이승이 낫다'는 속담을 수긍하게 될 것 같다. 정말로 그런 곳에 다녀오면 며칠 동안은 마음이 심란하기 마련이다. 철학자적인 달관이라도 한 듯이 전에 없이 착해지고 후해지고 너그러워진다. 남편의 마음도 별반 다르지 않은지 평소보다 한결 유연해졌다. 젊을 때의 십 년은 오십보백보겠지만 중년 이후의 십 년은 확연한 차이를 보인다. 하루가 다르게 드러나는 눈 밑 주름살의 깊이를 메우려고 영양크림 양을 배나 두들겨 발라도 소용없을 땐 괜히 내 바람에 짜증이 난다.

나는 종달새형이라면 남편은 올빼미형이다. 출근할 어른도 등교할 아이도 없는데 새벽 댓바람부터 설친다. 내 전용 컴퓨터에 앉아 몇 글자 끼적이다보면 주방에서 딸그락대는 소리가 들린다. 느지막이 깬 남편이 아침을 차리면서 흘리는 신호음이다. 암만 배가 고파도 손수 라면 하나 끓여먹지 않던 그가 퇴임한 이후로 자꾸 내 눈치를 살피며 부엌에서 서성인다. 남자가 부엌에 들어가면 큰일이 난다고 여기는 가부장적인 집안의 사람이 어쩌다 저 지경이 되었나, 웃음이 나면서도 한편으론 씁쓸한 기분을 감출 수가 없다. 고급 인력을 썩힌다는 관념에서 아직 못 벗어났기 때문일 게다. 시어머님 앞에서 단 한 번도 아내 편을 들지 않던 무심한 사람의 자상한 모습이 두고 온 고향처럼 아득하게 느껴진다. 하던 작업을 그대로 저장해놓고 급히 로그아웃을 한다.

어느 날 그이가 문방구에서 사포 한 장을 사왔다. 뭐에 쓸 것인지 물어도 그냥 쓸 데가 있다고 하면서 용처를 밝히지 않았다. 본래 미주알

고주알 설명하는 스타일이 아니기에 더 이상의 질문을 삼가고 지켜만 봤다. 가위로 잘게 조각을 내더니 그 몇 조각을 들고 화장실로 들어갔다. 도대체 안에서 무엇을 하는지 한참동안 조용했다. 텔레비전 앞에서 시간을 축내고 있는데 그이가 불렀다. 고무장갑 낀 검지로 변기 안을 가리키며 한번 보라는 게 아닌가. 그때까지도 나는 영문을 몰랐다. "깨끗해졌지?" 한마디를 듣고서야 사포의 용도를 알아차렸다. 아무리 청소를 한다고 해도 오래된 변기의 묵은 때를 벗기기가 쉽지 않았다. 남편이 어디서 주워들었는지 그 부분을 사포로 문질러서 반짝반짝 윤이 나게 해놓은 것이다.

살림은 전업주부인 나의 전유물이거늘 수시로 내 고유 영역을 침범하려 든다. 냉장고 검사는 물론이고 세탁기의 세제 투입구까지 살피며 시어머니 코스프레를 한다. 단순히 잔소리에 그치는 것이 아니다. 검붉은 기름때를 보고도 엄두가 안 나서 미뤄 둔 렌지후드도 닦아준다. 누구나 약간씩의 양면성이 있다고 하더니 남편이야말로 여성성이 다분하다. 해도 해도 표 안 나는 집안일, 30 몇 년을 했으면 염증이 날만도 하다는 건 내 변명이다. 살아남기 위한 전략이랄까? 남편은 게을러지는 아내를 대신해 가사를 도우며 자신의 다른 쓸모를 찾는 것 같다. 손목 힘이 세서 그런지 나보다 훨씬 더 잘한다. 그러니 잔소리쯤은 한 귀로 듣고 한 귀로 흘려보낼 수밖에 없다.

바꿀 수 있는 것과 포기해야 하는 것 사이에서 긴 고민은 무의미할지 모른다. 그럼에도 불구하고 포기란 단어가 자포자기에서 나온 말이란 게 싫다. 불가능하더라도 바꿀 수 있다는 희망을 가지고 살고 싶다. 그

희망의 끈으로 부부라는 관계를 단단히 묶어놓는 것이다. 고진감래, 시간이 약, 어떤 것을 갖다 붙여도 무방하겠다. 결국 시간을 이길 자가 없다는 결론에 도달한다. 기억력은 내 유리한 대로, 편리한 대로 저장되는 함정이 있다. 한날한시에 어른이 되었으면서도 서로 잘났다는 우월감에 악악거리며 살아온 게 사실이다. 속수무책 가버린 청춘을 돌아보며 측은지심이란 새로운 눈을 뜬다. 변화 없는 삶은 감칠맛 없이 밋밋한 음식과 비슷하지 않을는지. 어른 아닌 어른으로 지난날을 소비했다면 이제부터는 진정한 어른의 시간을 지혜롭게 잘 쓰자고 다짐한다.

오름, 오르다*

   사람들은 생애 최고의 황홀한 성취를 무엇으로 꼽을까? 돈, 명예, 단박에 이렇게 말하는 이들도 분명 있을 게다. 요즘의 나를 황홀하게 만드는 것은 산행이다. 산에 오르면 닦아도 눈곱 낀 듯이 가물거리는 눈이 맑아지고, 이명증도 없이 어두워지는 귀가 열리고, 딱지도 없이 막힌 코가 시원스레 뚫린다. 아무리 맛없는 음식도 산에서는 꿀맛으로 변한다. 끝 간데없이 이어진 산줄기를 눈으로 죽 훑어가다보면 산들의 무던한 표정에 어지럽던 속말들이 지워진다. 내 안에서 자라던 가시가 뽑혀나간다. 짙은 안개가 산을 덮어 길을 막는 심술에도, 바윗덩이가 통행세 대신 네 발로 기어가게 만드는 굴욕 앞에서도 용기를 잃지 않는 이유다. 무엇을 쓸까, 어떻게 쓸까, 이런 숙제감에서 해방시켜준다. 악산을 만나면 욕망과 절제 사이에서 잠시 망설이기도 하지만 극기 훈련 버금가는 고생을 감수하고 기어이 정상에 올라선다. 이때의 황홀함은 어떤 선물보다 값지다.

무슨 일에나 날씨가 한 부조를 하듯이 산행도 마찬가지다. 그런데 이 번 산행은 기후가 협조해주지 않았다. 겨울 산은 곳곳에 함정을 감추고 있어서 위험하기 마련인데 거기다 악천후까지 겹쳐버렸다. 생애 최고 의 고난이도, 좀 거칠게 표현하자면 개고생을 한 것이다. 그러니까 사 투는 '진달래밭'을 지나 백록담 정상을 불과 50m 정도 앞두고 시작됐 다. 예측을 불허하는 급변한 날씨에 강풍이 몰아쳐서 도무지 눈을 뜰 수조차 없는 지경이었다. 압정 같은 눈발이 얼굴에 사정없이 박혔다. 보드랍고 순하다고만 생각했는데 어린 눈발도 거센 바람을 만나니까 무기가 되었다. 마치 작정한 원수처럼 독종으로 돌변했다. 같이 가자고 부추겨서 동행한 지인부부들이 걱정돼도 챙길 여력이 없었다. 기상 이 변을 예상 못한 우리는 장비조차 불충분해서 더 힘겨운 산행이었다.

진퇴양난이란 이런 것일까? 하마터면 한라산 중턱에서 고립될 뻔했 다. 얼어붙은 등산로에서 자칫 바람에 날리기라도 하면 천 길 낭떠러지 로 구를 판이었다. 바람의 기세가 그러고도 남을 것처럼 사나웠다. 올 라가는 사람도 내려가는 사람도 위험하긴 매한가지로 보였다. 용을 쓰 느라 등줄기는 땀이 흥건한데 얼굴과 손발이 시려서 동상에 걸리는 줄 알았다. 그동안 산을 너무 얕보고 겁 없이 다녀서 벌을 받나, 별 생각이 다 들었다. 악천후가 전문 산악인들에겐 오히려 기회란다. 그들은 히말 라야 등반 훈련을 한라산에서 한다는 가이드의 말이었다. 나로선 한 걸 음 옮기는 게 기적이었다. 24명의 일행들 중에서 우리 부부 말고는 눈 에 띄지도 않았다. 누가 누군지 살필 겨를마저 없었다. 와중에도 남편은 나를 챙기느라 두 배의 고생을 했다. 난 혹여 이 사람이 미끄러져 절벽 아래로 구르면 어쩌나, 그게 더 걱정돼서 내리뜬 가자미눈으로 남편의 등산화에만 신경을 썼다. 무사히 백록담에 도착했을 때 설국이 된 백록담은 위치 분간마저 되지 않았다.

황홀한 성취감은커녕 하산할 생각을 하니 눈앞이 캄캄했다. 기념 촬영은 고사하고 매서운 눈바람이 너무 추워서 단 1초도 머물 수가 없었다. 움직이지 않으면 그 자리에서 그대로 살아있는 눈사람이 될 것 같았다. 성판악으로 도로 내려가는 사람도 보였다. 그러나 도저히 그 길은 엄두가 나지 않았다. 죽음의 구간을 겨우 살아서 통과했는데 어떻게 그 길을 다시 간단 말인가. 날씨 좋을 때 두 번이나 오른 경험을 믿고 관음사 방향으로 잡았다. 산악회에서 정해준 코스이기도 했다. 등산로는 이미 폭설이 점령한 지 오래, 곳곳에 위험이 도사리고 있었다. 앞서간 발자국을 따라 가려고 했더니 내 의도를 눈치 챈 바람이 순식간에 흔적도 없이 쓸어버렸다. 쌓인 눈이 그나마 얼어붙지 않아서 다행이랄까. 조금 내려서자 발목이 푹푹 빠지는데도 바람이 없어서 견딜 만 했다. 점심도 굶은 채 미끄럼 타듯이 줄줄 미끄러져 내려왔다.

이동하는 버스에서 살아 돌아온 것을 자축하며 인사를 나눴다. 한라산이 초행인 지인 부부는 성판악으로 하산하여 택시를 타고 집결지에 왔단다. 괜한 생고생을 시킨 것 같아서 미안하지만 목숨을 담보한 추억을 공유한 셈이다. 관계가 더욱 돈독해지리라 믿는다. 삼세판이란 말이 있다. 더도 덜도 말고 꼭 세 판이라는 뜻의 명사다. 왜 나는 이 말이 좋은 것일까? 무엇이든 꼭 세 번은 해봐야 직성이 풀린다. 그래야 후회가 없을 것 같아서다. 설악산도 세 번, 지리산도 세 번, 한라산도 이제 세 번을 채웠다. 현재로서는 이제 제발 그만하자 싶다. 어디까지나 이건 현재의 마음일 뿐이다. 시간이 지나가면 고생은 잊어버리고 네 번 아니 다섯 번을 오를지 알 수 없다.

첫발의 힘이 끌고 간다고 할까? 등산은 견뎌낼 수 있을 만큼의 고통을 준다. 고통은 새로운 희망을 주기 위한 과정인지 모른다. 그래서 나는 산이 좋다. 꽃들이 피면 누가 초청하지 않아도 벌 나비가 찾아와 춤추는 봄 산이 좋고, 구름과 안개를 초대해 낯선 풍경을 보여주는 여름 산도 좋고, 눈·비를 불러 해이해진 마음을 다잡도록 담금질을 강요하는 겨울 산도 좋고, 등뼈를 훤히 내보이며 비움을 배우게 하는 가을 산도 좋다. 흔히들 등산을 인생의 축소판이라 하는데 닮은 점이 많다. 등산도 인생도 '한방'에 되는 것이 아니다. 한 걸음 한 걸음 묵묵히 가야한다. 이때 강약 조절은 필수다.

한라산에서 백두산까지, 이름을 모두 열거할 수조차 없을 만큼 많은 산에다 발 도장을 찍었다. 그럼에도 아직 산만큼의 마음 높이와 넓이를 갖지는 못했다. 그러나 포기하지 않는 인내심만은 상당히 길러졌다고 자부한다. 희로애락이 공존하는 오름, 그날의 고생은 벌써 다 잊어버리고 어느 산으로 갈까 고민하는 중이다. 생각과 결정 사이에서 하는 고민마저도 행복하다.

*이성복 사진에세이 『오름 오르다』 제목 차용

침묵의 시간을

|

필연적인 상생의 원리라 할까? 사북은 살과 뼈를 묶는 접속의 자리에 붙박여 '부채'라는 새로운 사물을 만든다. 부채가 수동 적으로 바람을 일으킬 때 사북의 기여도는 묻히고 그 이름마저 잊힌다. 결속을 염원하는 이면에 부속물로 살아야하는 운명이 억울할 수 있겠다.

불
리
지
않
으
리
라

아버지를 팔다

가수 유지나 씨와 MC 겸 코미디언인 송해 씨가 노래를 부른다. '아버지와 딸'이라는 제목이다. 처음 듣는데도 리듬을 만난 가사가 찡한 울림을 준다. 여기서 훌쩍, 저기서 훌쩍, 아침부터 방청객들이 눈물바람을 한다. "내가 태어나서 두 번째로 배운 이름 아버지 가끔씩은 잊었다가 찾는 그 이름 우리 엄마 가슴을 아프게도 한 이름…" 대중가요의 매력이 바로 이런 것일까? 노랫말을 들을수록 마치 내 사연을 모델로 삼은 것 같은 착각에 빠진다. 진짜 부녀지간보다 더 살갑고 다정해 보인다. 세상에 엄마를 주제 삼은 노래는 많아도 아버지를 주제 삼은 노래가 별로 없는 것 같아서 만들었다는 유지나 씨의 부연설명이 명치끝에 와서 머문다. 본인도 녹음할 때 눈물이 하도 흘러서 중간에 몇 차례나 쉬었노라고 덧붙인다.

나도 그랬다. 처음 글쓰기를 시작했을 때 첫 줄을 꺼내기 무섭게 글보다 앞서가는 격한 감정 때문에 뒷글을 이어나갈 수가 없었다. 예순이 코앞이면 기억하는 것보다 기억하지 못하는 것들이 더 많아야 정상일 것이다. 그런데 어디에 잠복해 있었는지 묵은 기억이 봇물처럼 삽시간에 터져 나왔다. 북받친 감정들은 슬픔의 부력이 되어 시효 지난 눈물을 길어 올렸다. 그때마다 모니터 화면이 황사를 덮어쓴 듯이 뿌옇고 글자판은 마른 땅에 소나기 내린 자국처럼 얼룩지기 일쑤였다.

술과 노름으로 엄마 속을 어지간히도 썩이신 아버지, 그런 아버지 탓에 엄마를 너무 일찍 여의었다고 생각하는 피해의식에 사로잡혀 자랐다. 엄마 없이 산다는 것은 그야말로 서러움 구덩이였다. 그러니 아버지를 미워하고 원망하는 건 당연한 일, 그게 엄마를 대신해서 내가 할 수 있는 최선의 복수라 여겼는지도 모른다. 차라리 아버지가 먼저 돌아가시고 엄마가 살아계셨더라면 이보단 나을 텐데, 말도 안 되는 상상으로 사춘기의 밤을 뜬눈으로 지새우곤 했다.

아버지를 팔기 위해 컴퓨터 앞에서 전을 편다. 좌판이 아닌 자판이다. 이제는 내 연륜을 생각해 세련되고 유행에 맞는 신상新商을 팔고 싶지만 타고난 재능이 이게 다다. 술꾼, 노름꾼, 이런 수식어가 아버지의 전부는 아닐 테지만 아무리 훑어도 다른 물목이 없다. 당신도 민망하신 걸까. 꿈에서조차 아무 항변을 안 하신다. 어쩌다 원하는 만큼 장사가 될 때도 있다. 그런 날은 더 서럽다. 입술을 꾹 다문 채 누운 아버지 앞에서 하얀 이를 드러내고 울부짖던 통곡이 귓바퀴를 흔든다. 속수무책이 배경으로 남아있는 안방의 서늘한 아랫목이 침묵하고 있다. 관 값이 없으니 이불에다 말아서 그냥 묻자던 친척 누군가의 말이 허공을 헤맨다. 그 말의 주인도 주검으로 묻힌 지 오래, 시퍼런 분노마저 썩어 거름이 된 세월이건만 쓸데없이 좋은 기억력이 기어이 아문 상처를 헤집는다.

술이 밥이던 아버지, 난 왜 아버지의 밥에 대해 이해하지 못했을까? 단 한 번이라도 이해해보려는 시도조차 하지 않았을까? 지금이라면 얼마든지 이해하고 좋은 밥 사드릴 수 있는데. 몇 해 전 아버지 유택에다 막걸리를 뿌렸었다. 그 무렵 멧돼지가 들쑤시고 갔다. 벌초를 맡아주시는 분이 사토死土는 해주셨지만 더 이상 그 알량한 효도마저도 할 수 없게 됐다. 술이 화근이라면서 묘소 주변에 음식을 진설하지 말라고, 차리더라도 냄새하나 남지 않게 말끔히 치우라고 충고하셨기 때문이다. 멧돼지의 천적인 호랑이 똥이 효과 있다는 말을 듣고 그 방법도 써보았으나 산짐승의 원초적 감각을 오래 속일 수는 없었다. 세상을 잘 만나 아버지의 밥 정도는 대접해 드릴 수 있는데 마음 놓고 막걸리 한잔 올릴 수 없는 기막힌 운명 아닌가. 그래도 어쩌랴. 그날의 황망함을 되풀이하지 않으려면 멧돼지 놈을 절대 자극해선 안 된다.

인간은 고통을 통해 새 인간이 탄생한다 했던가. 아픈 만큼 성숙한다는 이야기와 같은 맥락일지 모르겠다. 원망의 자리가 회한으로 바뀌는 데는 많은 시간이 필요하지 않았다. 세월이 흐를수록 밀려오는 죄책감이랄까, 어떤 빚진 마음과 만날 때면 잘 사는 모습을 보여드리자고 맹세한다. 주름 한번 못 잡고 지나온 삶을 돌아보며 아직 오지 않은 내 전성기를 꿈꿀 수 있는 계기도 된다. 늦은 꿈을 열정과 눈물과 기도만으로 이룰 수 없어서 상심할 때는 아버지란 이름이 히든카드다. 유전적인

지 세상과 쉽게 타협 못하고 의기소침할 때도 바른 길을 잘 가고 있다는 아버지 말씀이 환청으로 들린다. 강한 자가 살아남는 게 아니라 살아남은 자가 강하다는 말을 되새기며 각오를 다지게 한다.

군자란 잎사귀에 앉은 하루살이가 날갯짓하듯이 기억을 꿰는 동안 프로그램이 끝나고 광고 방송이 한창이다. 아버지를 파느라 시간 가는 줄 몰랐다. 자기연민과 피해의식에 사로잡혔던 소싯적 굴레에서 빠져나온다. 생각은 비행기구름처럼 꼬리가 긴데 까다로운 손님을 만난 듯 자판 두드리는 소리가 느려지더니 뚝 끊긴다. 모든 이야기가 글이 되는 건 아닌가 보다. 흥정이 사라진 키보드 위의 손가락을 어디에다 두어야 할지 몰라 서성이는 순간 감정과 감정 사이로 이성이 끼어든다. 워낙 장사 수완이 없지만 오늘따라 쉽게 좌판을 걷지 못한다. 어느새 햇살이 베란다 깊숙이 들어와서 그늘을 만들고 있다.

친정 가는 길

　유리창을 흔드는 바람소리에 잠이 깼다. 눈이 흔하지 않은 동네인데 하필이면 간밤에 많은 양의 눈이 내렸다. 아파트의 동과 동 사이로 보이는 태복산 풍경이 설경산수도를 걸어둔 것 같다. 평소와 달리 호들갑 떨며 감상할 마음의 여유가 생기지 않는다. 서둘러 아침밥을 준비하는 동안 전국이 꽁꽁 얼어붙었다는 반갑잖은 뉴스를 띄엄띄엄 듣는다. 오늘은 엄마의 기일, 엄마를 만나러 가기로 이미 오래 전에 정해진 날이건만 날씨 한번 심술궂다고 된장국 간을 보는 입이 투덜댄다.

　지지난해 동화사 봉서루에다 친정 부모님의 영구위패를 모셨다. 그때 받은 '초발심신도증'이 내가 불자임을 확인시켜준다. 찬물 한 대접이라도 손수 올리는 것이 마땅한 도리거늘 그럴 형편이 못돼서 부득이하게 방편을 쓴 것이다. 처음에는 불효막심한 것 같아 마음이 편하지 않았다. 그런데 시간이 지나면서 위안이 되고 오히려 찾아갈 친정이 생긴 것처럼 든든하다. 눈에 보이는 작은 위패가 효를 대신할 수는 없다. 하지만 부처님 슬하에서 뜨신 밥 한술 얻어 드시리라 생각하면 잘한 결정이다 싶다. 삶에 지쳐 문득 엄마 생각이 간절하거나 상한 마음을 기대고 싶을 때면 친정 가듯이 봉서루에 들곤 한다.

누구나 속사정 하나는 갖고 사는 게 아닐까? '너를 위해서라면 구정물도 마시겠다.' 던 어느 연예인 노모의 말을 곱씹는다. 모르긴 해도 세상의 모든 엄마들 심정이 비슷하지 않을는지. 자식을 구한다는 명분이면 서슴없이 강물에도 뛰어들고 불덩이도 움켜쥘 것이다. 몸속의 장기까지 아낌없이 꺼내줄 각오가 준비돼 있을 것이다. 여자는 약해도 엄마는 강하다는 흔한 말처럼 엄마는 엄마라는 그 이름만으로도 강력한 무기가 되리라.

어쩌다 난 엄마를 그리 일찍 여의었는지. 엄마의 부재, 그 결핍은 아무리 먹어도 허기지는 공복 상태와 같았다. 추운 날 바깥에서 놀다 양손이 얼어 들어와도 맞잡고 녹여줄 엄마가 없었다. 받아쓰기 백 점 맞은 시험지를 보여줄 엄마가 없었고 가정방문 오신 선생님을 맞이할 엄마가 없었다. 엄마 없이 어머니날을 보내고, 초경을 치르고, 결혼을 하고…. 가장 무섭고 막막했던 순간은 엄마 없이 엄마가 되는 일이었다. 두 아이를 제왕절개로 얻었다. 마취에서 깰 때 없는 엄마를 하도 불러서 애처롭더라고, 남편이 지나는 말로 그랬다. 명절이 되면 제일 듣고 싶은 말이 "친정 가 봐라", 라는 것인데 죽어서도 들을 수 없는 말이다.

잔병을 달고 사는 친구가 있다. 그녀는 자기 몸을 종합병원이라고 웃으며 말한다. 과장과 농담이 섞여있지만 내 귀에는 왠지 서글프게 들린다. 그녀의 제일 큰 바람은 딸들이 출산했을 때 첫국밥만큼은 자기 손으로 끓여주고 싶다는 것이다. 여자가 엄마로 거듭나기 위해 감당해야 하는 산통의 강도를 경험으로 이미 알기에 가슴 졸이며 지켜봐주는 것, 마침내 엄마가 됐을 때 손 한번 잡아 주는 것, 뜨뜻한 미역국 한 그릇 먹이는 것, 그것이면 충분하지 뭐가 더 필요하겠는가.

나도 그녀 못지않게 병원 출입이 잦았다. 산후바라지를 해줄 사람이 없어서 남편이 끓여주는 미역국을 먹었다. 미끄덩거리는 미역 줄기를 씹으며 짜다고 생트집을 잡았다. 내 설움을 달래기 벅차서 애먼 사람한테 화풀이를 했다. 약간의 우울증에다 40도를 오르내리는 젖유종까지 앓았다. 어디서 주워들었는지 그이가 먼 시장까지 가서 가물치를 사와 고아주었다. 최선을 다하는 뒷바라지에도 불구하고 약을 끼고 살았다. 친구 말마따나 내 딸애가 엄마가 되는 날 미역국은 내 손으로 끓여 먹이리라 다짐한다. 요즘은 산후조리를 조리원에서 한다는데 그것도 직접 해주고 싶다. 전문가처럼 잘할 자신은 없어도 적어도 내가 누리지 못한 한풀이는 될 것이다.

고부갈등의 스트레스가 내 젊음을 갉아먹는 데 한몫 단단히 했다. 노이로제, 신경증이란 병명으로 수년간 안정제와 수면제로 살았다. 결혼생활에 꽃길만 있으리라 기대한 철부지는 아니었으나 홀시어머니의 몽니가 스물다섯인 내 힘에 너무 부쳤다. "네가 옳은 친정이 있나" 악의 없이 툭, 뱉으신 말씀이 가뜩이나 불안하고 불편한 가슴에 대못으로 박혔다. '친정'이란 보통명사가 누군가에겐 얼마나 무거운 슬픔의 추가 달린 낱말인지 짐작조차 못하리라. 당신 어법은 언제나 단도직입적이었고 그때마다 난 그저 조용히 말문을 닫아걸었다. 곤두선 눈꺼풀이 바르르 떨리고 묵직해진 눈이 눈물바람을 했다. 소리 내지 않고 우는 법을 그때 익혔다.

따로 살았기 망정이지 시댁이라는 궁궐은 핏줄 구분이 너무 분명해서 슬픈 세계였다. 남들에겐 지극히 평범한 친정이라는 성城, 나는 한번도 가지지 못한 부러운 영역이다. 노력으로 얻을 수 있는 게 아닌데도 어머님의 옹알이 같은 타박 앞에서는 한없이 움츠러들 뿐이었다. 남편이 없는 자리에서 더 심하셨지만 가끔은 있는 데서도 노골적으로 못마땅해 하셨다. 하지만 그이는 내 편 한 번 들어주는 법 없이 모르쇠로 일관했다. 내 아무리 낙천적인 성격이라도 가슴앓이를 할 수밖에 없었다. 친정이란 단어는 내 안에서 수시로 차오르는 눈물샘이었다. 그런데 친정이 없어도 세월은 가고 시댁이 있어도 세월은 강물처럼 흘렀다.

진설할 쌀 한 봉지 챙겨들고 집을 나선다. 믿음으로 얻은 친정 가는 길이다. 제사가 단대목이라 가뜩이나 분주한데 앞앞이 말 못한 설움의 앙금 같은 잔설이 흩날린다. 내 업은 내 스스로 소멸시킬 수밖에 없다는 불법을 안다고 할까? 언젠가부터 한울타리를 의지하고 살아가는 사람들의 뒷덜미가 애잔하게 보이기 시작했다. 30년 넘게 시어머니의 삶을 지켜보며 그분을 바라보는 내 시선이 많이 바뀌었다. 가슴팍에 꽂힌 녹슬지 않는 대못, 이쯤에서 그만 뽑아내자 다짐한다. 엄마도 잘 생각했다고 힘을 실어주시리라. 자동차 룸미러 속에서 머지않은 미래 누군가의 시어머니가 지긋이 미소 짓는다.

사북

청옥쉼터다. 한낮의 햇살이 빛쟁이처럼 달려든다. 구름도 바람도 숨 죽이고 있다. 폭염과 겁 없이 맞서는 것은 우렁찬 왕매미 소리, 그 여음에 한숨 돌린다. 남편이 집을 짓는다. 나는 서툰 조수가 되어 그이의 모자란 손이 된다. 연결고리를 이용해 봉과 봉을 끼운다. 비슷하게 생겼지만 제짝이 아니면 서로가 용케 알고 거부한다. 작은 부속이 긴 봉과 만나 집의 형태를 이룬다. 엉성한 뼈대 위에 방수포를 덮어씌운다. 뚝딱, 그럴싸한 집 한 채가 되었다. 급히 장만한 집에 몸을 넣고 손부채로 얼굴 땀을 식힌다. 전혀 친숙하지 않은 곳에서 친숙함을 만나는 경우가 있다. 무덤 같이 생긴 둥그런 텐트 속이 고향처럼 아늑하다. 굴곡이 많았지만 '고향'이란 낱말은 나에게 평생 철부지로 남을 수 있는 시간이면서 공간이다.

얼마만의 꿀잠인가. 모처럼 흙냄새 맡으며 열대야 없는 밤을 보냈다.

새벽녘엔 오히려 찬기가 느껴져 뭐라도 끌어다 덮고 싶을 만큼 선선했다. 집과는 불과 두어 시간의 거리인데도 기온차가 상당히 난다. 여름을 잊은 채 느긋하게 자고 싶어도 텐트 위로 들이치는 햇살이 허락하지 않는다. 매미는 또 매미대로 못된 시누이처럼 찌르륵거리며 기상나팔을 불기 시작한 지 오래다. 더위를 피해왔건만 삼복三伏의 명성은 찰거머리처럼 따라다닌다.

소박한 아침을 해먹고 물가에 앉았다. 햇살을 가리려고 쥘부채를 펴드는데 뭔가가 떨어져 물밑으로 가라앉는다. 장미꽃이 피려다가 엉거주춤 일그러진다. 부챗살의 아랫도리를 붙잡고 중심을 지탱하던 못이 수습 못한 동물 뼈처럼 어정쩡하게 박혀있다. 눈을 부릅뜨고 캡이 사라져간 행방을 쫓는다. 일렁이는 물속에 가라앉은 것을 찾는 일은 곰국솥에서 곰을 찾는 것만큼이나 난감하다. 짝을 잃고 제 기능을 못하는 상태가 돼서야 비로소 자신의 존재를 드러내는 사북, 미미하게 여겼던 사북의 정체에 대해 문득 생각이 많아진다.

필연적인 상생의 원리라 할까? 사북은 살과 뼈를 묶는 접속의 자리에 붙박여 '부채'라는 새로운 사물을 만든다. 부채가 수동적으로 바람을 일으킬 때 사북의 기여도는 묻히고 그 이름마저 잊힌다. 결속을 염원하는 이면에 부속물로 살아야하는 운명이 억울할 수 있겠다. 존재감 없는 지점에서 자신의 가치를 일깨우려는 일종의 반란 심리가 작동했을지 모른다. 돌발성이 소멸을 지향한다고 단정할 수는 없으나 여차하면 궤도 이탈을 감행할 꿍꿍이 하나쯤 잠재돼 있지 않았을까. 자신을 드러내는 유일한 방법이라면 위험한 결단을 무릅쓸 수 있을 것 같다. 사북의 캡을 잃고서야 견고함을 살피지 않은 내 무관심이 무안하다.

아버지의 꿈은 오로지 '한 방'이었다. 화투장 아귀만 잘 맞으면 세상 모든 돈을 딸 수 있다는 근거 없는 자신감과 함께 착각의 쾌락에 빠져 살았다. 엄마 앞에서 수없이 다짐한 대장부의 맹세는 티끌보다 가벼웠다. 누구의 충고도 아버지의 달팽이관까지 전달되지 못했다. 오히려 원정 도박으로 운신의 보폭을 넓혀나갔다. 부지깽이도 일어나서 거든다는 농번기에도 가장家長의 책무 따위는 아랑곳하지 않는 배짱과 무책임으로 일관했다. 엄마의 한숨소리에 찌든 문풍지가 흔들리는 밤까지 아버지는 귀가하지 않고 재를 넘은 풍문만 날아들었다. 문설주에 기대앉아 돌쩌귀의 힘으로 간신히 버티던 엄마가 나를 앞세우고 조용히 방문을 나섰다. 마치 내 숙제가 끝나길 기다린 것처럼 절묘한 타이밍이었다.

어쩌다 첫딸로 태어난 나는 어떤 방식으로든 살림 밑천이 되어야했다. 호롱불 들고 아버지를 찾아다녔다. 어둠에 신세지고 더듬더듬 묏등을 지날 때면 몽달귀가 옷자락을 잡아당기는 것 같았다. 모골이 송연하여 걸음이 뒤엉켰다. 아침이면 아무 일 없었단 듯이 퀭한 모습으로 밥상에 앉은 아버지의 오금이 얌전하게 접혀있었다. 표정 없이 밥알을 씹는 할머니의 입술이 쭈글쭈글했다. 미간이 좁은 엄마의 눈꺼풀은 아래로 기운 채 갸름한 얼굴이 식은 배춧국 빛이었다. 엄숙한 식사시간을 빨리 벗어나고픈 내 숟가락 부딪는 소리에 내가 놀랐다.

여러 날 복막염을 앓던 엄마에게 더 이상 생일은 없었다. 아버지가 그토록 호언장담하던 한 방도 끝내 없었다. 반 한량의 객쩍은 놀이는 딱 거기까지였다. 졸지에 사북을 잃은 부채처럼 아버지의 24시간이 송두

리째 너덜거렸다. 엄마는 아버지 인생에 대체 불가능한 사북이었던 것이다. 고장 난 사물은 부속만 바꿔주면 감쪽같지만 사람의 빈자리는 달랐다. 새엄마라는 부속을 두 번이나 갈아도 망가진 가정은 본래의 모습을 되찾지 못했다. 엄마는 살아생전에 짓눌렀던 사북의 임무를 벗어던지고 얼마나 홀가분했으면 꿈에서조차 얼굴 한 번 보여주지 않았다.

갑작스런 안주인의 죽음은 빚만 덩그러니 남았다. 엄마의 살림 기여도는 묻히고 엄마로 인해 집안이 망했다는 식구들의 악평만 난무했다. 노름꾼 남편 눈을 피해서 맡긴 돈을 되돌려주는 양심적인 사람은 한 명도 없었다. 도리어 양철대문을 밀고 들어서는 빚쟁이들의 등쌀에 할머니의 목울대가 파르르 떨렸다. 와중에도 아버지는 죽은 사람이 욕을 먹으면 좋은 곳에 못 간다며 땅을 팔아 빚잔치를 벌였다. 엄마에 대한 늦은 미안함인지, 마지막 사랑이었는지 알 수 없다.

콩밭 고랑 사이에 심은 열무가 제멋대로 자라서 우리 집 밥상을 싱그러운 초록으로 물들였다. 첫돌도 안 지난 막내는 할머니의 빈 젖꼭지를 물고 살았다. 엄마 없는 우리 집은 비닐봉지처럼 약했고 우리는 어디로 튈지 모르는 콩알이었다. 흩어진 낟알을 줍듯이 올망졸망한 사남매를 키운 할머니는 늙어가는 감나무와 함께 엄마보다 아버지보다 더 많은 연세를 사셨다.

용틀임하는 과거를 한 글자씩 꺼내놓고 나면 유년의 무게가 조금 가벼워진다. 그리움이 긴 팔을 내미는 시간 속에는 도무지 읽을 수 없는 아버지의 화투장과 엄마의 기다림이 사북 없는 쥘부채처럼 널브러져있다.

별을 세다

무거운 소식일수록 빠르게 날아온다. 어제 저녁 설거지를 하다가 사촌동서의 별세 기별을 받았다. 지난 삼복더위에 문병을 다녀왔으니 그리 황망한 일은 아니다.

나는 별세란 말을 들으면 별을 세라는 것으로 알아듣는다. 명백한 내잘못이지만 내 잘못이 아닌 것이 엄마가 죽은 밤에 막내고모가 나를 업고 자꾸 별을 세라 했다. 자다 깬 나는 영문도 모른 채 우물우물 별을 셌다. '별 하나, 별 둘, 별 셋…' 출처를 알 수 없는 불안이 말랑해지도록 열심히 셌다. 하지만 내 불안은 처마 끝 고드름으로 자라고 너덜거리는 문풍지 위로 울음이 번식을 했다. 들숨과 날숨 사이에서 놓친 엄마의 숨결이 영영 돌아오지 못할 것을 안다는 듯이 번식된 울음은 소리로 완성되고 있었다. 소리는 차츰 제 몸피를 키워 갈라진 시간의 침묵을 메웠다. 귀를 막고 별을 세도 온통 통곡뿐이던 섣달 스무닷새의 그 밤은 울음이 얼음을 녹일 것 같았다. 암고양이가 어슬렁어슬렁 문지방을 타넘으며 울음의 양을 보탰다. 그래도 나는 고모 등에 모로 엎드려 조용히 별만 셌다. 달빛조차 엄마 입술처럼 푸르죽죽한 밤이었다.

조퇴하고 온 남편과 장례식장으로 달려갔다. 저녁 어스름 속에서 검은 양복을 차려입은 낯선 사내들이 병원 마당을 서성거렸다. 이별 잔치에 초대된 이들의 낯빛은 하나같이 웃음기가 제거되어 있었고 반딧불이 같은 담뱃불만 깜빡거리다가 천천히 흩어져가곤 했다. 누군가의 안내로 고故 박영덕, 상주 이주명이라고 적힌 방을 찾았다. 형광등 불빛이 환한 복도의 맨 끝 방이다. 망자는 49세, 상주는 8세다. 위로 스무 살이 넘은 누나들도 있지만 늦둥이로 얻은 아들이 만상제다. 망자의 남편 이름은 맨 아래 칸에 민들레꽃처럼 납작 엎드려있다. 방으로 들어갔다. 덥석, 내 손을 잡아끈다. 망자의 시어머니시다. 퀭한 노모의 갈퀴손이 바르르 떨린다. 갑자기 혀가 굳어버린 듯 말을 찾지 못한 내 입술이 덩달아 떨린다. 그이가 비장한 얼굴로 부조함에다 봉투를 넣는다. 젊디젊은 영정을 멀뚱히 바라보더니 정중하게 절을 올린다. 돌아서서 어린 상주와 맞절을 한다. 어설픈 절을 마친 상주는 이 상황을 이해하는지 못하는지 국화 꽃빛같이 환한 얼굴로 좁은 방을 미끄러져 다닌다. 명랑해서 짠한 풍경에 박제된 내 슬픔이 투영된다.

한생을 비설거지 하듯이 서둘러 끝내고 떠난 엄마의 모습이 영정사진과 겹친다. 눈물 흘릴 철조차 없는 어린 자식들을 두고 가자니 도저히 눈이 감기지 않았던 것일까? 할머니가 반쯤 뜬 엄마 눈을 쓸어내리며 '눈감고 가, 눈감고 가'라고 하셨다. 그 말이 내 귀엔 꼭 '눈감고 자,

눈감고 자' 처럼 들렸다. 여러 날을 아랫목만 지키던 엄마는 북쪽으로 자리가 옮겨졌고 그 앞으로 접이식 기다란 가리개가 놓였다. 읽을 수 없는 빼곡한 글자들이 그림처럼 새겨진 병풍 하나가 이승과 저승을 구분 짓듯이 버티고 있었다. 한 상 떡 벌어지게 받은 엄마는 미동도 하지 않았다. 상복으로 갈아입고 아버지 옆에 서서 절을 하는데 병풍 뒤로 가지런한 엄마의 버선발이 보였다. 너무 놀란 나머지 나도 모르게 고개를 획 돌려버렸다. 그것이 엄마와의 마지막인 줄은 꿈에도 몰랐다. 갑자기 끼쳐온 무섬중에 다리가 후들거렸다. 그 와중에도 모든 일이 꿈이었으면 좋겠다고 간절히 바랐다. 그러나 내 바람은 끝내 꿈이 되지 못했다. 눈을 떠도, 감아도 보이는 하얀 버선발이 섬뜩해서 장례가 끝나고도 안방에 들어갈 수가 없었다. 정을 떼느라 그렇다던 할머니 말씀만 오래도록 귓전을 맴돌았다.

풋사과 같은 상주의 설익은 슬픔을 보니 꼭 그때의 나를 보는 듯하다. 준비 안 된 이별의 대가는 먼 미래에 그리움이란 몫으로 치를 게다. 미래가 그다지 멀지 않다는 것을 저 아이는 아직 모른다. 차라리 그래서 다행이라면 다행인가. 하지만 젊은 망혼의 극락왕생을 위해 적당한 울음의 분량이 필요할 텐데, 형식적인 곡소리라도 들려야 할 텐데, 너무 적막하다. 무슨 곡절인지 하필이면 오늘 같은 날 나까지 눈물 한 방울 흐르지 않는다. 곡비처럼 소리라도 내질러야하는데 지나치게 이성적이다. 평소에는 음악을 듣거나 드라마를 보다가도 툭하면 우는 내가 아니던가. 친구 경자가 안구 건조증이 생겨서 인공눈물을 넣는다고 했을 때 도리어 난 눈물이 너무 헤퍼서 불편하다 하지 않았던가.

아무래도 일찍이 슬픔에 대해 면역이 됐나 보다. 흔들림 없는 감정의 이유를 애써 찾아본다. 일 년에 한 번은커녕 전체를 통틀어도 망자의 얼굴을 본 횟수가 다섯 손가락도 차지 않는다. 그러니 사촌동서지간이라 한들 특별히 정이 깊을 것도 애틋할 것도 없다. 허나 이건 구차스런 변명에 불과하다. 향초 타는 냄새가 어색한 시간을 시나브로 이끌고 간다. 소리가 유도하는 거친 울음만이, 울음이 지르는 소리만이 슬픔을 측정하는 최고의 이별 방식인 양 우리 엄마는 저승길 끝까지 따라오는 곡소리를 귀 따갑게 들어야했을 것이다. 오늘과는 달라도 너무 다른 풍경이었다.

테이블 저쪽의 누구는 돼지수육에 소주를 홀짝거리고 또 누구는 탱글탱글한 귤을 까서 먹는다. 삶에 지쳐 눈물을 잃은 사람들은 저 행위도 분명 슬픔을 드러내는 표식일 게다. 그 힘으로 간신히 울음통을 달래고 있는지 알 수 없다. 아니면 세상이 바뀌었으니 조금 세련된 조문 형식이라 해도 되겠다. 어떤 것은 자세만으로도 기도가 된다지 않던가. 다들 고개를 박은 채 시간 모서리를 깎으며 최선을 다해 먹는 일에 열중하는 것은 배가 고파서가 아니라 명복을 비는 의식이리라.

약간의 차멀미를 안고 돌아온 늦은 밤이다. 아파트의 동과 동 사이로 하현달이 조등弔燈처럼 푸르뎅뎅하게 걸려있다. 어둠이 에워싼 그 곁에 드문드문 몇 개의 별이 별일 아니란 듯이 반짝거린다. 별 하나, 별 둘, 별 셋, 별안간 내 기억의 곳간 한쪽에 숨죽인 어린 내가 별을 센다. 철이 없어서 울지 못했던 그때와 철이 있어도 울지 못한 오늘이 조용히 포개어진다.

길

요즈음 내 취미는 산을 오르는 일이다. 생각이 많을 때나 온몸으로 나이를 느낄 때 즐겨 찾는 길이 있다. 길 위에서 땀범벅이 되다보면 속에 있던 잡생각 뭉치들이 빠져나간 듯이 홀가분해진다. 언젠가부터 남녀노소 없이 걷는 게 유행처럼 됐다. 수직상승을 향해 달려온 우리 사회가 어느 정도 여유를 가지고 수평적 삶의 안정을 누리기 시작한 것과 무관하지 않은 현상이라고 한다. 그에 발맞추듯 올레길, 둘레길, 슬로길 하면서 새 이름의 길들이 많이 조성됐다. 그렇다보니 걷기에 편안한 기능성 신발이나 등산용품이 인기인데 가격대가 천차만별이다. 텔레비전 채널을 돌리다보면 홈쇼핑에서도 등산복 판매하는 것을 종종 볼 수 있다. 무이자 할부 조건이 솔깃해서 몇 벌 샀다. 고가품 못지않게 품질이 좋아서 만족스럽게 입는다.

산행의 유일한 동행자인 내 남자는 휴일이면 쉬고 싶다 엄살을 부린다. 28년을 지켜본 바로는 게으른 남자다. 그래서 저 사람이 정말로 피곤한 것인지 단지 가기 싫어서 빼는 것인지 헷갈린다. 그럴 땐 없는 애교를 부려 꼬드기고 안 통하면 살짝 윽박지르기도 한다. 그러면 툴툴거리면서 따라나서는데 막상 나섰다하면 앞장서서 잘 간다. 무에 그리 바쁜지 날다람쥐처럼 휑하니 가버려서 따라가는 내가 숨차다. 보폭이 안 맞아 같이 못 다니겠다고 되레 그가 잔소리해댄다. 사실 나는 걸음도 느린데다 앉은뱅이 꽃이나 풀들과 눈 맞추며 정을 쌓느라 꾸물거리기 때문이다. 산길이란 게 오붓이 조붓이 팔짱끼고 갈 수 있는 건 아니다. 하지만 느리게 걷기가 대세란 것도 모르는 사람처럼 그는 한달음에 내달린다. 도란도란 얘기라도 나누면서 걷다보면 부부간에 식은 정도 되살리고 돈독해지지 않을까 싶은 은근한 기대를 단박에 뭉개버리는 사람이다.

가만히 생각해보면 신혼시절부터 그랬다. 소읍의 선생이던 그는 외출을 할라치면 학생들이 쳐다본다고 나더러 10m 뒤에서 따라오라고 했다. 아이들 교육상 안 좋다는 것이 이유였다. 말도 안 되는 구실을 달았는데도 맹물스럽게 나는 곧이곧대로 믿을 수밖에 없었다. 시장을 가거나 심지어 아파서 병원에 갈 때조차도 서로 모르는 사람처럼 그이가 두어 발 앞서서 갔다. 왜 그랬는지 지금 생각해도 서운하지만 그렇다고 정이 영 없는 사람도 아니어서 따져본 적은 없다.

오늘도 곰살가운 남자를 구슬리고 닦달해서 나선다. 혼자 내빼든 말든 나는 나를 보채지 않고 꿋꿋이 내 할 짓 하며 간다. 목적지가 같다는 것이 여유만만하게 만드는 이유일 게다. 3월이면 복수초를 시작으로 노루귀, 제비꽃, 양지꽃을 만날 수 있다. 4월부턴 진달래, 생강나무, 산수유들도 앞 다투어 꽃눈을 틔우기 시작한다. 생강나무와 산수유는 노란 꽃빛도 같거니와 꽃모양도 닮아서 얼핏 보아선 분간하기 어렵다. 나만의 구별법이라면 수피의 옆구리를 꼬집어보는 것이다. 손톱 끝으로 살짝만 찍어서 냄새를 맡아보면 생강나무는 신기하게도 생강냄새가 난다. 물푸레나무·박달나무·서어나무… 넌지시 이름을 불러준다. 나무들도 귀가 있을 것 같아서다. 여러 개의 귀를 쫑긋거리고 지나가는 구름소리, 바람소리, 세상의 소리들을 다 들을 것만 같다. 층층나무는 허공에다 그네를 걸고 겹겹의 주름치마를 펄럭이며 논다. 오지랖 넓은 나는 또 그냥 갈 수 없어서 한 컷 찍어준다. 함초롬한 꽃무더기 앞을 예사로이 지나치다보면 귀가 짜글거리는 것 같다. 저들도 한 컷 찍어달라며 저요, 저요, 하는 듯한 환청에 돌아본다. 간혹 산바람이 잔뜩 든 꽃잎을 따와서 차도 만들고 술도 담근다.

어릴 적에 우리는 장사를 했다. 할머니는 꽃이든 열매든 나무뿌리든 손에 잡히는 대로 술로 안쳤다. 그 맛이 일품이어서 돈 잘 번단 소문이 근동까지 자자했다. 덕분에 아버지는 일찍이 노름꾼이 됐다. 달도 없는 밤 초롱불을 든 엄마는 나를 앞세우고 아버지를 찾아다녔다. 숙제도 해야 하고 할일이 많은데 엄마는 헤아려주지 않았다. 그러면서 말로만 공부 잘 해서 훌륭한 사람 되라고 했다. 오솔한 밤길을 이 동네 저 동네 뒤지다 아버지를 찾으면 벼락만 맞았다. 겨우 끗발 오르는데 여편네가 찾아와서 재수 옴 붙는다며 숫제 방문도 열어보지 않고 날벼락을 쳤다. 그 벼락을 고스란히 다 맞던 엄마는 마당귀에서 벌벌 떨고 서있는 나를 벼락같이 끌어안았다.

싸락눈이 댓잎 위로 조용조용 구르던 겨울밤이었다. 엄마는 벼락은 믿어도 아버지는 더 이상 믿을 수 없다고 했다. 나는 엄마의 도마질 소리를 더 이상 듣지 못하는 것이 믿을 수 없었다. 살림 밑천이라며 애지중지하던 첫딸의 고사리손이 벌겋게 얼어도 엄지를 빨며 노루잠 자던 막내가 새파랗게 경기를 해도 엄마는 영영 돌아오지 않았다.

저승이란 데가 외갓집 갔다 오듯이 돌아올 수 없다는 것을 알아갈 때쯤 아랫목 고구마 싹처럼 철이 웃자라기 시작했다. 저지레 놓던 동생들은 생라면을 부셔먹으며 엄마의 빈자리와 싸웠고 그 싸움을 빤히 보고도 말릴 수 없던 아버지는 차츰 만무방이 됐다. 불콰하게 낮술에 취하면 죽은 아내가 벗어놓은 고쟁이에 한쪽 다리만 끼우고 새우잠을 잤다. 유일한 자학의 수단인 듯이 문뱃내 진동하는 입가에 허연 침버캐를 달고 자는 날이 많았다. 자다가도 빗소리가 들리면 벌떡 일어나 가마때기를 끌고 산으로 갔다. 죽은 마누라 젖는다고 떼도 없는 햇무덤을 덮었다. 산돌림 하던 비가 잦아들 때쯤 온몸에 황토팩을 해서 돌아오곤 했다. 끌탕이 되신 할머니는 아궁이 앞에 몽당비를 깔고 앉아 부뚜막에 장죽을 쳐가며 담배만 빨았다.

그 무렵 나는 얼른 미래로 가고 싶었다. 돌담 아래 장미는 심어놓고 엄마의 상여가 슬몃슬몃 넘어간 고갯길로 아버지도 뒤따라갔다. 허물어진 담장 아래 장미는 해마다 펴서 떠난 사람들을 기념했을 것이다. 초승달 걸린 밤이면 봉창에 이마를 대고 돌아오지 않는 그분들을 원망하다가도 향수보다 먼저 알게 된 우리 집 누룩냄새를 더 그리워했다.

"좀 천천히 가", 재넘이를 가르며 앞서 걷는 내 남자의 뒷덜미에 대고
버럭 신경질을 부린다. 놀라서 멈칫 돌아보던 그가 섰다. 봄에서 여름
으로 가는 갈참나무 그늘에 신문지 몇 장 깔고 앉아 걸어온 길을 무연
히 본다. 땅거미 지는 마당에서 먼산바라기 하던 아버지 옆얼굴이 겹친
다. 어느새 나는 한걸음 한걸음의 무서움을 깨닫는 미래에 와있다.

텃세

베란다에서 겨울을 잘 견딘 화초들이 꽃 대궐을 이뤘다. 단연 돋보이는 것은 군자란이다. 아마도 저 입술은 수백 년, 아니 수천 년 전에 누군가가 꿈꾼 욕망의 통로일지도 모른다. 화분 네 개에 한 다발씩 주홍빛 꽃송이가 약속이라도 한 듯 한꺼번에 만개를 했다. 적게는 열 송이, 많게는 스물한 송이가 어우러져 장관이다. 마치 신부의 손에 들린 부케를 연상케 한다. 합동결혼식을 보는 것처럼 화사하고 넉넉하다. 나는 욕심을 부린다. 한꺼번에 피지 말고 순서를 정해서 한 화분씩 번갈아 피어 주면 얼마나 좋으랴 하고. 떼거리로 몰려 왔다가 요절하듯이 우르르 스러져 갈 것을 알기에 못내 아쉬워서 하는 소리다.

시선을 돌려 천리향을 살핀다. 군자란이 지고나면 허전한 망막과 후각을 대신 채워줄 녀석이다. 통영의 친척집에서 한 그루 얻어온 나무가 우리 집에 온 지도 어느덧 10여 년의 인연이다. 5월이면 초록 겨드랑이

마다 종알종알 하얀 꽃송이를 밀어낸다. 향기가 천 리를 간다 해서 이름 붙여졌다는 천리향, 베란다에 있는 꽃이 바람 한 점 없는 날에도 제 살 냄새를 거실에다 막무가내 풀어놓을 때면 봄이 절정에 닿는다. 그러면 나는 허기진 암캐마냥 벌렁벌렁 코 평수를 넓히고 무르익은 봄을 야금야금 삼킨다. 아픈 만큼 성숙한다는 말처럼 올해는 유난히 많은 꽃봉오리가 맺혔다. 하마터면 못 볼 뻔했던 사연이 어제 일 같아서 아찔하다.

그러니까 햇살이 따사롭던 작년 초가을이었다. 그날따라 천리향의 그릇이 너무 째여 보였다. 마음껏 발 뻗지 못하는 화분 속의 나무가 어린 시절 좁은 방에서 동생들과 자리싸움하던 나와 겹쳤다. 아무 불평 없이 제때에 새잎을 틔우고 앙증맞은 꽃을 피우는 게 기특해서 화분을 사와 분갈이를 했다. 좁은 공간에서 하는 작업이 생각처럼 간단하지 않았다. 사실 오랫동안 엄두를 못 냈던 것이 그 때문이다. 신문지를 몇 겹으로 깔았다. 부삽으로 화분의 가장자리를 숭숭 찔러놓고 나무의 허리께를 움켜쥐고는 조심스레 흔들었다. 살살 달래듯이 잡아당기자 쉽게 안 빠질 것 같던 밑뿌리가 훌러덩 빠져나왔다. 흙을 대강 털어내고 죽은 뿌리는 과감하게 잘랐다. 튼실한 새 뿌리를 내려주길 기대하며 정성껏 옮겨 심었다.

아뿔싸, 이게 웬일인가. 나무는 쓸데없는 인정을 달가워하지 않았다. 하룻밤 사이에 가지가 배곯은 아이 얼굴처럼 축 늘어졌다. 무얼 잘못했는지 도통 알 수가 없다. 예상치 못한 일에 호들갑을 떨며 난처해 하자 며칠 지나면 괜찮아질 거라고 남편이 안심을 시킨다. 시간이 필요할 거라는 얘기다. 나무가 새 화분과 적응하느라 밤새 시달린 모양이다. 생각조차 못한 상황 앞에서 애면글면 내 속이 탔다. 하루가 지나고 또 하루가 지나도 기력을 되찾기는커녕 생기 잃은 잎사귀가 배배 꼬이면서 누렇게 퇴색해가는 게 아닌가. 일이 그쯤 되자 애꿎은 나무를 죽이는 꼴이 되면 어쩌나, 조바심이 났다. 적당한 선에서 타협을 하면 좋으련만 내가 괜한 짓을 했나 싶은 후회마저 됐다. 나무도 감정이란 게 있어서 10여 년 정든 집을 잊지 못하는 것일 게다. 굴러온 돌이 박힌 돌 뺀다는 속담처럼 새 화분은 화분대로 제 성질을 굽히지 않고 나무를 홀대하는 것일 수도 있다.

복막염을 앓던 엄마가 한겨울 동백꽃처럼 뎅강, 숨을 놓아버렸다. 졸지에 홀아비가 된 아버지는 사별의 상처를 오로지 술로 다스리느라 주막집 붙박이가 되었다. 할머니는 곧바로 새엄마를 구했다. 그러나 아버지는 새로 들인 사람과 적응을 못하고 밖으로만 나도셨다. 애초부터 잘해볼 마음이 없는 듯이 데면데면하셨다. 두 분의 기 싸움이 어린 내 눈에도 읽혔다. 아버지는 철부지 자식들이 계모 밑에서 기라도 죽을까봐 전전긍긍이셨다. 새엄마가 구박하면 즉시 말하라며 대놓고 우리에게 이르셨다. 그 무렵의 아버지는 책임과 무책임 사이에서 방황하느라 새 운명을 받아들일 여유가 없었던 것이다.

새엄마는 나보다 두 살 어린 여자애를 데리고 왔다. 고명딸로 사랑받던 나는 느닷없는 여동생의 등장이 달가울 리 없었다. 더 큰 문제는 동생들과 그 애가 눈만 마주치면 으르렁대고 싸웠다. 동생들은 든든한 아버지 백에 기대어 기세등등했고 여자애는 제 엄마 백을 믿고 지지 않으려했다. 텃세였을까? 번번이 눈물바람을 하는 건 그 애였다. 나는 싸움이 벌어지면 말리기는커녕 할머니한테 쪼르르 일러바치기 바빴다. 그때마다 난감해서 골치를 앓던 할머니는 당신 속내를 감추고 담뱃불만 붙이셨다. 장죽으로 검은 연기를 꽃처럼 뭉글뭉글 피워 올렸다. 할머니가 피우는 구름꽃 아래서 숙제를 하다보면 눈시울이 매웠다. 우리가 사이좋게 지내야 아버지도 마음을 잡고 새 삶을 살 수 있다고 했지만 할머니의 말씀을 이해하기엔 너무 어렸다. 매워서 숙제 못하겠다고 투정만 부렸다.

나흘이 지나자 탐색기를 마쳤는지 비실대던 나무가 슬금슬금 기운을 차렸다. 제 고집을 한풀씩 꺾고 상생의 길을 찾은 것 같아서 얼마나 고맙던지. 사실 저 나무가 끝까지 새 화분을 받아주지 않으면 어쩌나 큰 걱정을 했다. 늦지 않게 타협점을 찾은 것이 고맙고 기특해서 막걸리 한 병을 주르륵 부어주었다. 나무한테 막걸리가 영양제라는 말을 귀동냥으로 주워들었기 때문이고 생전에 술이 밥이던 아버지 생각이 났던 것이다. 헌집의 기억일랑 깡그리 잊어버리고 새집에 정 붙여서 잘 살아주길 바라는 간절함도 숨어있었다.

텃세를 극복한 천리향 꽃봉오리가 유난히 탐스럽다. 눈부신 5월 햇살 너머로 살고 싶은 삶과 살게 되는 삶의 간극에서 갈팡질팡하던 순간들이 겹친다.

등에 업다

"언니, 그거 아세요? OO가 신춘문예에 당선됐대요. 작품이 좋다는 말보다 운을 등에 업었다는 말을 더 많이 한대요." 수화기 너머로 들은 '운을 등에 업다' 란 말에 갇혀 멍 때리고 앉았다. 세상은 독불장군으로 살지 못한다고 하지 않던가. 어떻게 하면 운을 업을 수 있지? 진흥기금 공모 최종심 8명에 올라 4명만 선정되고 떨어진 것이 운을 업지 못해서였을까? 내 능력으로 업을 수 없는 운이라면 남의 운을 탐내서 뭣하겠는가만 순간적 부러움이 날개를 푸덕인다. 운도 실력이라던 누군가의 귀띔이 증명된 셈이다. 아마도 내겐 영원히 오지 않을 실력 같아서 불안하다. 옴짝달싹 할 수 없는 생각에 감금된다.

단발머리 소녀가 아기를 업고 있는 그림을 본다. 박수근의 '아이 업은 소녀' 라는 제목이 붙었다. 한창 놀고 싶을 나이에 친구들과 어울리지 못하고 피붙이를 돌봐야하는 일이 고역이란 것은 경험으로 안다. 그럼에도 그림 속의 소녀는 불평하는 기색하나 없이 다부지게도 업었다. 볼수록 단정하고 침착한 자세다. 깍지 낀 손을 얌전히 뒤로 받치고 선 모습은 피치 못할 의무라기보다 아이의 안위를 걱정하는 비장함과 혈육의 정을 느끼기 충분한 포즈다. 그 마음을 안다는 듯 업힌 아가의 모로 세운 얼굴에서 순함과 안락함이 동시에 읽힌다. 질끈 묶은 매듭은 두 사람을 잇는 연결고리처럼 견고하다. 걸음을 잃은 깜장고무신이 무료해 보인다.

어느 해 봄날의 하루는 발끝에 차이는 포대기의 끈 길이만큼이나 길었다. 새엄마가 두고 간 이복동생 '가매'를 업고 아버지를 따라나섰다. 가매는 가마의 경상도 사투리로 가마가 세 개나 돼서 할머니가 임시로 붙인 이름이다. 영문도 모른 채 아이를 업고 첫차에 올랐다. 덜컹대는 버스가 비포장 길을 얼마나 달렸는지, 내가 내린 곳이 어디인지 알 수 없다. 강둑길을 잰걸음으로 앞서가는 아버지를 따라갔다. 강물 위로 무더기별이 쏟아지고 있었다. 은물고기처럼 와글와글 팔딱이는 물별 앞에 섰다. 금가루 같았다. 뜰채가 있다면 한가득 건져 올려 할머니께 갖다 주고 싶다는 욕심을 부릴 때였다. 저만치 앞서 걷던 아버지가 제자리걸음하는 딸을 불렀다. 얼른 오라는 손짓의 채근이 몇 차례나 더 있었다.

골목길을 굽어가다 대문도 없는 토담집 안으로 들어섰다. 아버지가 찾는 사람은 물론 인기척 하나 없었다. 사방을 두리번거리자 담장 아래 막 올라온 연둣빛 새싹들이 쭈뼛쭈뼛 나를 반겼다. 때마침 목을 꺾고 자던 가매가 화답하듯이 스르륵 흘러내렸다. 갑자기 등의 무게가 힘겨워진 나는 짜증스럽게 추스르며 곁눈질로 아버지를 살폈다. 당신은 뭐에 쫓기는 사람처럼 불안과 초조함이 역력한 채 담배를 빠끔빠끔 빨아들이다가 후, 불어 허공에 동그라미를 그려댔다. 얼마 동안이나 서성였을까? 비녀머리의 웬 할머니가 부리나케 들어와선 흙손으로 다짜고짜 가매의 볼을 쓰다듬었다. 방으로 들어간 두 분이 무슨 말씀을 나누었는지 알지 못해도 나는 전혀 궁금할 것이 없었다.

기다린 적 없는 새엄마는 마치 내 감정을 눈치 챈 듯 영영 돌아오지 않았다. 어느 날부터 가매란 이름은 우리 집 금기어처럼 조용히 사라졌다. 멀리 자식 없는 집으로 보내졌다는 사실을 한참 뒤에야 알았지만 새삼 놀라울 것도 서운할 일도 없었다. 그 아이의 존재는 가만가만 잊혀갔다. 내 시선은 여전히 그림 속에 고정이 되어있다. 살아있다면 유일하게 언니라고 불러줄 가매가 오버랩 된다. 가마가 셋이라는 이유로 태어난 순간부터 구박덩이였다. 아버지가 막걸리 한잔을 걸친 날이면 집안에 망조가 들었다고 핏덩이의 정수리를 쥐어박아 울리곤 했다. 아마 새엄마는 그때부터 이미 정착할 마음 같은 것은 없었는지 모른다.

가마가 둘이면 시집을 두 번 간다더니 셋이나 됐으니 그럼 세 번을 갔는지, 아니 한 번이라도 가긴 갔는지, 살아있기는 한지. 별안간 없던 궁금증이 주름치마 자락처럼 출렁거린다. 있어야 할 곳에 있지 못하고 너무 멀리 와버려서 그림 속의 소녀가 나를 대신하여 고생하는구나 싶다. 혈육의 생사조차 모른다는 자괴감에 애면글면 빈 등을 더듬는다. 그때 조금이라도 더 살갑게 업어주었더라면, 흘러내린 누비처네 끈이라도 단단히 조였더라면 가매와의 천륜이 유지될 수 있었을까? 지금이라면 그림 속의 소녀처럼 다부지게 업어줄 수 있겠는데, 자장가도 조곤조곤 불러줄 수 있겠는데, 내 도량이 그것밖에 못 돼서 미안했다고 진심을 얹어 말해주고 싶은데 방법이 없다.

인간으로 살아간다는 것은 끊임없는 비밀을 만들어가는 과정일지 모르겠다. 나는 검은 비닐봉지의 매듭을 풀 때 어떤 비밀을 여는 것 같은 착각에 긴장을 한다. 보이지 않는 그리움 너머 강둑 위로 애 업은 여자가 뛰고 있다. 갓난아이의 머리가 포대기 바깥에서 애호박처럼 덜렁거리며 따라간다. 업은 여자는 그것도 모르고 최선을 다해 뒤뚱뒤뚱 뛰어간다. 이것은 가끔 꾸는 꿈이자 오래된 비밀이다. 사실 나는 동생들을 업어준 기억이 거의 없다. 몸집이 작고 허약했던 탓일 게다. 그런데 가매를 업고 아버지를 따라갔던 그날이 박제된 듯이 선명하다.

물과 햇빛이 만나서 별을 산란하던 그 강이 어쩌면 내 울음의 본적지가 아닐까 싶다. 중국 난징南京시 성저우루의 한 호텔 구석에는 '울음방'이라 번역할 수 있는 5평가량의 점포가 문을 열었다는데 호황이란다. 어느 나라나 마음 놓고 울지 못하는 사람들이 많은가 보다. 그곳이라면 방의 용도대로 억압된 마른 울음을 풀어낼 수 있을 것 같기도 하다. 처음이자 마지막으로 업어주었던, 차멀미로 식은땀을 흘리며 돌아온 그 저녁이 낡은 앨범처럼 서럽다. 핑계 없는 실패는 없을 터, 운은커녕 업다와 업히다 두 낱말 사이에서 넋두리하는 내가 싫다.

통닭 먹는 저녁

"오늘이 복날이라는데 우리도 닭이나 한 마리 시켜 먹을까?"

텔레비전 앞에 앉아 시간을 죽이던 남편이 뜬금없이 닭 타령을 한다. 아닌 게 아니라 통닭이라면 자다가도 벌떡 일어날 만큼 좋아하던 애들이 집에 없으니까 닭 한 마리 시켜먹은 게 언제인지 까마득하다. 아들 딸이 한창 자라던 무렵에는 하루가 멀다 하고 치킨을 시켜먹곤 했다. 그때마다 살찐다고, 몸에 좋을 거 하나도 없다고 강력하게 반대하던 사람이 남편이었다. 가뜩이나 비만인 아들의 체중을 더 늘리는 일이라고 잔소리를 오만상 해댔다. 그런 사람 입에서 '닭이나 한 마리 먹자'는 말이 먼저 나온 것은 아주 드문 일이라서 나로선 놀랄 수밖에 없다.

하긴 아들과 딸이 사회인이 돼서 객지로 나가고 우리 집 먹거리에도 많은 변화가 생겼다. 애들이 없으니까 당장 식탁에 햄이나 빵, 피자와 같은 인스턴트식품이 흔적도 없이 사라졌다. 끼니마다 푸성귀와 된장국의 반복적인 왕림, 애써 의도하지 않았음에도 완전한 채식 식단이 되어버렸다. 매스컴에서 삼복더위라고 떠들면 '또 닭들의 수난시대가 왔군.' 하면서 지나칠 뿐이었지 특별히 복날을 챙기지 않았다. 수박이나 있으면 한 조각 먹는 게 고작이었다.

말이 나온 김에 모처럼 통닭집에 주문전화를 넣었다. 양념소스 반 간장소스 반을 시켰더니 마치 대기하고 있던 것처럼 득달같이 달려왔다. 오늘 같이 특별한 날은 주문이 밀릴 만도 하건만 고객의 마음을 사로잡는 신속함에 감탄사가 절로 나온다. 우리나라 배달문화만큼은 타의추종을 불허하리라 싶다. 남편은 윤기가 자르르 흐르는 양념소스가 입혀진 날개를 집는다. 나는 노릇노릇하니 까무잡잡해 보이는 간장소스의 닭다리에 손이 먼저 간다. 남편은 양념, 나는 간장, 그러고 보니 우리가 평소에 먹던 입맛 그대로다. 짭조름한 간이 혀에 닿는 순간 애들 생각이 난다. 먹성이 좋아서 닭 껍질까지 잘 먹던 아들 녀석이 눈에 밟히고 통통한 닭다리를 집어서 엄마한테 먼저 내밀던 딸애도 마음에 걸린다.

복닥복닥 살던 때가 엊그제 같은데 어느새 빈 둥지처럼 휑하다. 시원하게 냉장이 잘된 맥주 한 병을 꺼냈다. 남편과 사이좋게 한 잔씩 비우자 별로 대화가 없던 우리 부부 사이에 모처럼 대화가 오간다. 이야기는 역류하는 물줄기처럼 우리들 어린 시절로 거슬러간다. 옛날에는 내남없이 다들 왜 그리 못살았던지, 달걀 하나도 귀해서 좀체 먹을 수 없었던 시절이었다. 달걀은커녕 배불리 먹을 밥도 모자라던 시절 아니었던가. 그 시절의 유일한 주전부리라면 찐 감자나 삶은 고구마가 고작이었다. 순전히 탄수화물 식단이었다. 어쩌다가 기름기 있는 돼지고기라도 한 점 먹을라치면 장이 놀라서 배탈이 나기 일쑤였다. 밀가루 음식도 화장실을 가게 만드는 주범이었다. 전기도 없던 시절이라 마당을 지나야 갈수 있는 변소는 밤이면 완전 공포의 공간이었다. 그러니 밤중에 배가 아프면 정말 큰 낭패였다.

가운데 동생이 유난히 변소 출입이 잦았다. 한밤중에 혼자 가기 무서우면 꼭 누구라도 깨워서 따라가자고 보챘다. 한잠에 든 사람을 깨우면 누구도 좋아할 리가 없었다. 볼일을 다 볼 때까지 변소 앞에서 덜덜덜 떨면서 하늘에 별이나 세며 기다리는 일은 정말 고역이었다. 밤에 보는 마당의 감나무는 왜 그리 크고 시커먼지, 꼭 도깨비만 같았다. 그러다 보니 밤마다 실랑이 아닌 실랑이가 벌어졌다. "오늘은 네가 가라, 나는 어제 갔다." 잠꼬대 같은 싸움 소리가 안방에서 주무시는 아버지 귀에까지 전달되었다. 어느 날 아침 밥상머리에서 아버지가 비책이라며 하나 알려주셨다.

변소는 사랑채에 딸려있었는데 변소 입구에 닭장이 있었다. 닭장 앞에서 큰소리로 주문을 외라고 하신 것이다. "닭아, 닭아 낮똥은 내 주고 밤똥은 네가 해라." 이 주문을 세 번씩 하면 밤에 변소 가는 버릇이 고쳐진다고 했다. 처음에는 키득키득 웃으며 아버지 말씀을 곧이 믿지 않으려고 했다. 그러나 다른 방법이 없었으니 밑져야 본전이라는 생각을 하게 된 것일까. 그 뒤부터 우리는 맹물스럽게 진언처럼 읊조렸다. 따라가지 않겠다고 서로 엄포를 놓았으니 안 할 수도 없었을 게다. 누구라도 밤똥이 마려우면 닭장 앞에서 반드시 세 번 외치는 것이 숙제였다. 그러면 신통하게도 조용하던 닭들이 마치 알아들었다는 듯이 횃대를 치며 푸드득거렸다.

어느 해 봄날에 암탉 한 마리가 게슴츠레한 눈빛으로 비실거리고 있었다. 아버지가 감나무 밑에다 가마니를 깔고는 그 위에 병든 닭을 가만히 뉘었다. 그리고는 내게 부엌칼을 가져오라 시키셨다. 우리는 당연히 잡아먹으려는 줄 알고 내심 좋아라했다. 고기 먹을 생각에 기대를 잔뜩 걸고선 입안에 고인 침을 꼴딱거리며 숨죽여 지켜보고 있었다. 아버지가 보송보송한 닭털을 헤집고 배를 가르는가 싶더니 뭔가를 꺼냈다. 속엣 것을 털면서 이번엔 실과 바늘을 가져오라했다. 잠깐 사이에 무엇을 어떻게 했는지, 갈랐던 닭의 배를 이불 꿰매듯이 듬성듬성 기우는 게 아닌가. 마치 수의사가 수술을 마친 것처럼 붙잡고 있던 닭을 놓아주자 뒤뚱거리며 달아났다. 우리는 "아버지가 의사다" 환호하며 손뼉을 쳤다. 고기 못 먹는 서운함은 어느새 잊어버리고 신기해했다.

아버지에 대한 기억 중에 이런 장면도 있구나 싶어서 그나마 다행이고 반갑다. 내 기억 속의 아버지는 언제나 술에 절어 불콰한 얼굴이거나 담배연기 자욱한 노름방에 쪼그리고 앉은 초췌한 그림뿐이라 생각했는데. 전문의처럼 침착하고 진지하게 닭의 배를 가르고 꿰매던 아버지의 손길이 눈에 선하다. 돌아보면 모든 것이 찰나에 가버린 것 같다. 별이 들이치는 지붕 아래 옹기종기 모여 앉은 가족의 풍경이 그립다. 세월이 유년도, 가난도 함께 데려가버렸다. 전화 한 통이면 입맛대로 배를 채우는 지금이 마냥 행복하기만 할까? 생각에 젖어있는데 남편이 슬그머니 빈 잔을 채워준다. 잊으래야 잊히지 않는 끈질긴 추억처럼 열대야가 선풍기 날개에 찐득찐득 달라붙는 초복이다.

두고 온 행복

  겨우내 죽은 듯이 자리를 지키던 찔레 넝쿨이 살아있다는 본색을 드러내기 시작했다. 나만큼이나 사연이 많은지 연필을 한꺼번에 몇 다스나 깎아놓았다. 심이 모두 연두색이다. 뾰족뾰족 올라온 것들이 앙증맞아서 카메라에 담는다. 허공과 손잡은 저들이 초록으로 무성해질 즈음이면 꽃송이가 부풀어 향기로운 세상을 만들 것이다. 나는 뿌리로부터 얼마나 멀리 왔을까? 뿌리로부터 멀어지면 질수록 쓸모없는 그리움이 분량을 쌓는다. 오소소 촉 돋은 찔레 덤불 앞으로 피우지 못하고 오래 방치한 새싹의 시간이 건너온다.

  3남 1녀인 나는 태생적으로 유난히 왜소한 몸피였다. 고명딸이자 맏딸이지만 살림 밑천은 고사하고 잔병치레가 잦아서 우리 집 대표 걱정거리였다. 음력 섣달생이기도 하나 출생신고가 2년이나 늦게 된 이유가 여기 있다. 그런 내가 초등학교에 입학하고 비포장 10리 길을 걸어서

등하교해야 했으니 부모님의 노심초사는 당연하셨으리라. 마침 농협에서 근무하던 막내 고모가 보호자가 되어 학교 정문까지 데려다주었다. 어떤 날은 술도가 차를 얻어 타기도 했다.

딱 요맘때였다. 시간을 단축한다는 의미였을까? 왼쪽 가슴에 '손수건 이름표'를 달고 지름길로 등교하던 중이었다. 그날따라 일진이 사나웠는지 봇도랑을 건너다가 그만 한쪽 발이 빠지는 사건이 터지고 말았다. 도랑 폭이 그렇게 넓은 것도 아니었다. 또래들은 멀쩡하게 잘도 건넜지만 다리가 짧은 데다가 겁이 많은 내게는 무리였다. 해동이 됐어도 젖은 발이 시렸고 친구들 보기 창피해서 더 크게 울었던 거 같다. 그렇다고 집으로 되돌아갈 수도 없어 울며불며 학교에 갔다.

그날 저녁 밥상머리는 온통 내 이야기로 소란스러웠다. 원망의 한소리를 듣는 건 억울해도 고모 몫이었다. 화풀이 대상이 필요했는지 어른들은 명백한 내 부주의라는 걸 아시면서도 화살을 고모한테다 꽂았다. 나름 딸에 대한 속정이 깊으셨던 것일까? 특히 아버지는 애를 제대로 보살피지 않아 그렇다고 역정까지 내셨다. 졸지에 총알받이가 된 고모는 아무 말이 없었다. 전화위복이라 했던가. 뜻밖에도 전혀 생각지 못한 결말이 났다. 고모가 취업하고 방 하나 얻어 달라 조를 때는 들은 척도 않던 아버지가 방을 얻어주신 것이다. 그렇게 해서 고모랑 둘이 자취를 시작했다. 우시장을 돌아서 들어가는 골목 중간쯤에 커다란 나무 대문 두 개가 떡 버티는 기와집이었다.

소꿉놀이가 확대된 생활처럼 많은 것이 신기했다. 고모가 노란 양은 냄비에다 밥을 지을 때면 코를 찌르는 석유곤로의 매큼한 기름 냄새가

방안까지 끼쳐왔다. 신문명의 첫 경험은 놀랍고 신선했다. 비위가 약해서 역한 냄새에 적응하기까진 시간이 걸렸을 테지만 그래도 좋았다. 우리는 전기도 없었는데 자취방은 옅은 주황색 백열등이 대낮처럼 밝았다. 그 불빛 아래서 하얀 쌀밥에다 깨소금을 듬뿍 넣은 왜간장으로 비벼 먹었다. 입이 짧아 엄마의 걱정을 사던 내가 달착지근한 간장 하나에 밥 한 그릇을 뚝딱 먹어치웠다. 점심은 고모가 놋그릇에 밥을 담아 아랫목 이불 밑에 묻어놓고 출근하면 하교해서 혼자 꺼내먹었다.

누가 지켜보지 않는데도 숙제부터 하고 고모를 기다리는, 나름 착한 학생이었다. 놀 친구도 없고 교과서 말고는 읽을 책도 없던 시절이었다. 숙제 양이 적어서 빨리 끝나는 날이면 농협으로 고모를 찾아가 심심함을 달랬다. 뒤뜰이 상당히 넓었고 키 큰 감나무가 몇 그루 있었다. 여물지 않고 떨어진 감이 나뒹굴었다. 풋감을 주워 공기놀이를 했다. 하루는 고모가 불렀다. 등사실 구경을 시켜주면서 한번 해보라며 굴림대를 내 손아귀에 쥐여주었다. 살짝 눌러서 밀었을 뿐인데 또박또박 글자가 새겨지는 것이 너무 신기했다.

여느 날처럼 마루에 엎드려 숙제를 하고 있었다. 같은 반의 남자아이가 찾아왔다. 느닷없는 방문이었지만 우리 집을 어찌 알았느냐고 물어보지도 않았다. 마치 무언으로 통하는 신통력이 있는 것처럼 아무 말도 하지 않고 각자 숙제에만 전념했다. 워낙 오래된 일이라 내 기억을 나도 다 믿을 수 없다. 다른 아이들과 달리 얼굴이 뽀얗고 촌티가 느껴지지 않았던 거 같다. 어떤 날은 고모가 퇴근해서 올 때까지 함께 숙제를 했다. 고모는 빈집에 어린 조카 혼자 있는 것보다 그 애가 같이 있어주니 안심하는 눈치였다. 나도 아마 그 애의 방문이 싫지 않았으리라.

고모가 일찍 퇴근하면 고모의 친구들과 어울려 극장에 가기도 했다. 내가 성가실 만도 한데 혼자 두고 갈 수 없어서 그랬는지 어딜 가든 늘 데리고 다녔다. 고모는 나보다 겨우 아홉 살 연상인데도 보호자 역할에 최선을 다했다. 영화 제목은 기억나지 않는다. 탱크가 나를 향해 돌진하듯이 달려오면 비명을 지르며 온몸을 움츠렸다. 총알이 스크린 밖으로 날아와서 나를 맞춘다 생각하고 겁을 잔뜩 집어먹었다. 또 어떤 날은 길거리 쇼도 보았다. '뻬빠빠 룰라 디스 마이 베이비', 무슨 뜻인 줄도 모르고선 고모의 뒤꽁무니를 따라다니며 문화생활의 영역을 넓혀나갔다. 그게 꿈을 키워나간 시간이기도 했다.

고모가 서울에 있는 백화점으로 취직이 돼서 올라갔다. 소꿉놀이처럼 달달했던 자취생활은 아쉽게도 한 학기 만에 끝났다. 그 아이도 전학을 갔는지 어쨌는지 내 기억 창고에서 사라져버렸다. 인생에서 중요한 것은 나를 둘러싼 인연일 게다. 너무 가까이 있어서 존재 가치를 모르고 지나온 시간들이 안타깝다. 엄마도 있고 아버지도 있고, 할아버지와 할머니와 고모들 그리고 동생들…. 내 생애에서 가장 완벽한 가족 구성원을 이루던 시절이었던 같다. 희한하게도 꾸중을 듣거나 매를 맞은 기억은 하나도 없다. 자라지 않는 한 그루의 나무처럼 행복했던 순간만 그 시간 그 자리에 오도카니 붙박여있을 뿐이다. 뿌리로부터 멀어진 기억이 미련을 갖지만 그리운 것은 그리운 대로 가슴에 남기고 걸음을 옮긴다.

보부상 길

모든 길에는 누군가의 영혼이 눈뜨고 있을 것 같다. 너무 많은 눈이 웅크리고 있을 것 같다. 그 눈 속에는 몇백년 전 아니 몇 천 년 전의 내가 웅크리고 있을지도 모른다. 등산화 발자국을 찍으며 느린 걸음을 옮길 때 혹시라도 본의 아니게 그들에게 피해를 줄까 봐, 내가 나를 몰라보고 무참히 밟을까 봐, 휘이휘이 헛손질을 하면서 걷는다. 이것은 현재와 과거를 잇는 나만의 노크 법이라 해두련다.

오늘 우리가 숲을 전세 낸 것이라 할 수 있지만, 숲에서는 사람이 공해라고 하니까 어떤 표현도 속으로 한다. 메마르고 경사진 길을 오를 때 헉헉 튀어나오는 한숨 소리마저 안으로 삭인다. 천년만년 눈 감지 못하는 그리움과 기다림으로 자라서 그럴까? 올곧고 붉은 소나무는 나이를 먹을수록 품위가 고상하다. 그리하여 가치가 더해진다. 500년 수령의 금강송, 그 기운을 받고 싶어서 간다.

울진의 '금강소나무숲길'은 산림청이 국비로 조성한 1호 숲길이다. 1구간은 13.5km이며 2010년 7월에 개방하였다. 3구간은 16.3km로 2011년 9월부터 시범운영하고 있다. 1·3구간은 인터넷 예약을 통해서 선착순으로 마감되며 2·4구간은 아직 운영되지 않는다. 가이드를 동반하는 것은 우리나라 최고의 숲인 금강소나무 숲을 보호하고 산양을 비롯한 멸종 위기에 처한 동식물들의 삶터를 보장해주려는 것이다. 아울러 탐방객의 안전을 확보하기 위함도 있다. 인원은 하루 80명만 허용한다는데 실제로는 하루 200명이 찾기도 한단다. 숲 해설가를 동반하지 않으면 들어갈 수가 없다. 이러한 소소한 불편과 작은 제한이 자연을 지키고 지구를 지키고 나아가서 먼 후손들에게 아름다운 삶터를 물려줄 것이라 믿는다.

옛날 보부상들이 울진 흥부 장에서부터 봉화, 영주, 안동 등 내륙지방으로 행상을 할 때 넘나들던 길이라 하여 '십이령 보부상길'이라고도 불리었단다. 열두 고개 중에서 제1구간을 탐방했다. 관광버스가 부려놓은 45명 등산객의 알록달록한 옷차림이 6월의 녹음과 어우러져서 마치 꽃들이 무리를 지어 걸어가는 것 같다. 500살 먹은 소나무를 만나러 가는 초행길의 설렘이 성급한 더위의 열기마저 씻어내기 충분하다. 트레킹이라서 등산보다는 쉬울 거라고 생각했는데 갈수록 은근히 힘들다. 게다가 인솔자 뒤를 밟으며 다닥다닥 붙어 걷는 것이 불편하기도 하다.

구불구불 이어지는 좁은 길을 걷다가 '울진내성행상불망비'라 이름 붙여진 비각 앞에서 멈췄다. 선질꾼 정한조와 권재만을 기리는 쇠로 만든 비다. 보부상 단체의 우두머리인 접장과 반수를 지낸 이들의 공을 기리기 위해서 세운 것이라는 인솔자의 설명을 듣는다. 울진과 봉화를 오가며 어류와 소금, 해조류 등을 바지게에 지고 가서 물물교환으로 생계를 유지하던 상인들의 상거래에 많은 도움을 주고 산적도 막아주었다. 마을과 마을의 화합과 공정거래 질서도 지키고 일제강점기에는 독립운동하는데 정보를 제공하는 등 그 기여도가 인정되어 경북 문화재로 지정되었다. 가벼운 배낭 하나 메고도 이리 버거운데 무거운 봇짐을 짊어지고 사나흘씩 다녔다고 하니 그 시대 사람들의 곤궁했던 삶이 어렴풋이 헤아려진다.

유년시절 나는 슬레이트집 두 채가 일자형으로 된 길갓집에 살았다. 방이 여섯이나 되고 마당이 넓었다. 오가다가 목이 말라서 오는 사람이 대부분이었으나 버스를 놓친 나그네들도 쉽게 들어왔다. 보리나 벼 등의 매상 때가 되면 가마니들이 하룻밤을 새우기도 했다. 봇짐장수들도 찾아들었다. 트럭으로 실어온 죽공예품과 옹기들이 마당 가운데 수북이 쌓일 때면 어수선했다. 대개는 부부가 함께 와서 물건을 부렸는데 그대로 시장판이 되었다. 입소문 듣고 오는 사람들한테 팔기도 했지만 주로 머리에 이거나 등에 짊어지고 골짝골짝 찾아가는 방문 판매를 했다. 그들은 해 질 녘이면 곡식 보따리를 값 대신 가져왔다. 캄캄한 밤에 돌아오는 날도 있었다. 여러 날을 팔다가 남은 것은 우리 집에 주고 갔다. 확실한 계산법은 모르지만 먹여주고 재워준 값을 그리 치른 게 아닐까 싶다. 덕분에 우리는 대소쿠리며 항아리들을 부족함 없이 썼다.

"가노, 가노 언제 가노 열두 고개 언제 가노 미역 소금 어물 지고 춘

양 장에 언제 가노 대마 담배 곡물 지고 울진 장에 언제 가노" 숲 해설가님이 한 서린 노래 한 곡조를 애잔하게 뽑으신다. 정선아리랑 리듬에다 가사만 붙인 거라고 한다. 원시림의 자연 속에서 역사와 문화 그리고 보부상들의 애환까지 두루 갖춘 의미 있는 체험이다. 오르막에서 구슬땀을 흘리며 걷다가도 평지를 만나면 산바람이 젖은 몸을 말리고 지나갔다. 밤길 넘는 고단한 장사꾼들을 위해 밝히던 등불이었을까. 보부상길에는 보랏빛 초롱꽃이 유난히 많이 피어있다.

약손

　간절함이 쌓아 올린 '오형돌탑'을 지나 '마애보살입상' 앞에 섰다. 중년 남자 한 분이 막 합장을 마치고 사진을 찍는다. 염탐하듯이 나는 두어 걸음 뒤에서 보살의 표정을 살핀다. 오늘은 기어코 저 속내를 다 읽어보리라, 욕심이 앞선다. 삼고초려랄까? 몇 고비의 숨을 헐떡거리며 오른 것이 벌써 세 번째 걸음이다. 쉽게 판독할 수 없는 문자처럼 보고 있어도 다 보이지 않는 불가사의한 무엇이 나를 자꾸 이곳으로 이끈다. 구미 금오산을 기단 삼은 이 형상은 보물 제190호다. 데칼코마니 미술 기법처럼 암벽 모서리에 새겨져 대칭을 이루는 것이 특징이다. 덕분에 입체미가 좋다. 정면에서 보면 여느 마애불과 별반 차이가 없지만 측면에서 보면 도드라진 윤곽이 확연히 드러난다. 얼마나 오랫동안 서 있었을까? 마루 끝에서 자식을 기다리는 어머니의 모습 같다.

　구성은 광배·불신·연화좌, 크게 세 부분으로 나눌 수 있다. 돋을새

김 방식이다. 전형적인 달걀형 얼굴에 가늘고 긴 눈썹이 문신한 것처럼 짙다. 실눈은 생각에 잠긴 듯 지긋하고 잘 뻗은 콧대가 시원스럽다. 앙다문 입술은 뭔가 근엄하다. 크고 통통한 귀가 어깨선까지 흘러내려 닿을락 말락한데 중생들의 원을 들어주느라 저리 늘어진 게 아닌가 싶다. 목의 세 가닥 주름이 염주를 걸친 것처럼 또렷하면서 굵고 짧다. 바위에 깃든 바람의 숨결을 증명하려는 듯 검은 이끼가 보풀처럼 나부낀다. 절박한 마음들이 기도란 이름에 기대어 얼마나 간곡히 손을 비비고 읍소하다 갔을지, 가늠조차 안 되는 머릿수를 헤아리며 '빌다'라는 말의 진폭을 따라가 본다.

언젠가 신문에서 읽은 전설 한 토막이 떠오른다. 고려시대, 금오산 자락에 산방자라는 사람이 살았다. 살림은 궁핍해도 예쁜 아내와 사랑하는 자식이 있어서 부러울 것이 없었다. 어질고 부지런하여 마을 사람들의 칭찬이 자자했다. 그런데 누가 이 가정의 행복을 시샘한 것일까? 산방자의 아내가 몸져눕게 되었다. 그의 얼굴은 근심으로 뒤바뀌었다. 보기 딱한 나머지 주변에서 굿이라도 해보라 권했지만 그럴 형편조차 되지 못했다. 굿 대신에 신령한 힘을 지닌 금오산으로 찾아가 빌고 또 빌었다. 낮에는 일을 하고 밤이면 산으로 올라갔다. 비가 오나 눈이 오나 기도를 게을리하지 않았다.

이윽고 간절함이 통하여 바위 속에서 보리살타가 나타났다. 성심으로 기도하는 산방자를 가엾게 여겨 그의 아내를 살려주겠노라 약속했다. "내일 밤 자시(23~1시)에 아내를 데려오라." 이 말에 산방자는 날듯이 돌아와서 아픈 아내를 업고 금오산으로 갔다. 때는 겨울이었다. 아무리 걸음을 서둘러도 산길은 멀고 험했다. 마침내 바위 앞에 섰지만 이미 약속한 시간이 지나버렸고 보살이 자취를 감춘 뒤였다. 그 사이 업힌 아내는 싸늘히 얼어있었다. 산방자가 아내의 주검을 안고 통곡했다. 살리려고 온 곳이 묻을 곳이 되었다며, 자책과 통한으로 밤을 샜다. 어둑 새벽이 되자 보살이 몸을 드러냈다. "진실로 안타깝구나. 내가 너를 기다리지 않아서 사랑하는 사람을 잃었구나. 다시는 이런 일이 없도록 약속하마. 이제부터는 내가 너를 기다리겠다. 사방 어느 쪽에서든 내가 잘 보이게 하겠다." 마치 그때의 약속 때문인 듯 현신한 보살이 맨발로 연꽃 위에 서있다.

오른쪽으로 살짝 비튼 자세다. 법의를 왼쪽 어깨에서 오른쪽 겨드랑이로 걸쳐 입었다. 배꼽 아래부터는 물결무늬 주름이 잡혀있어 편안해 보인다. 옷자락 밖으로 살짝 드러난 발등과 발가락이 통통하여 안정감이 있다. 혹시 선 채로 너무 오래 있어서 발에 부종이 왔는지도 모르겠다. 얼마나 많은 사람들이 만지고 갔는지 손때가 반질반질하다. 왼팔은 허리에 붙여 쭉 뻗었으며 활짝 편 손바닥은 바깥을 향하고 있다. 흡사 '어서 오시오' 인사하는 것 같다. 오른팔은 팔뚝이 굵으면서 짧고 불끈 쥔 주먹손이다. 저 주먹 안에 중생을 구원하기 위한 묘책을 감추고 있으리라. 그게 아니면 이 분은 오른손잡이일까? 수많은 이들의 아픔을 치유하느라 손가락이 닳아 없어진 것일 수도 있겠다. 엄지와 검지 구분이 불가능할 만큼 경계선이 흐리고 뭉툭하다. 손금이 읽힐 정도로 크고 선명한 왼손과 너무나 대조적이다.

보살의 오른손가락이 닳아 없어졌다고 생각하자 별안간 할머니의 지문 닳은 손이 겹친다. 오랜 옛날 쪽진 흰머리가 휘날리도록 행여 부족할까 기죽을까, 가슴 졸이며 키워주신 분이다. 엄마를 일찍 여읜 우리는 할머니 손에서 자랐다. 술타령만 일삼는 아버지를 대신하여 살림과 어린 것들 근사가 조모의 몫이었다. 공갈젖꼭지도 없던 시절 막내는 할머니의 마른 젖을 물고 살았고 우리는 번갈아가며 아팠다. 뱃병이 나도 감기에 걸려도 연필을 깎다가 손가락을 베어도 약보다 빠른 것이 할머니의 손길이었다. '할매 손은 약손'을 주술처럼 되뇌며 검버섯이 덕지덕지 핀 갈퀴손이 쓰다듬고 가면 웬만한 통증은 씻은 듯이 나았다.

진실이 민낯을 드러낼 때는 진땀이 나기도 한다. 철없이 꾀병을 부리며 할머니 무릎을 서로 차지하려고 싸우기도 했다. 불행한 아이들에게 행복한 형제의 난이었다. 그럴 땐 할머니가 긴 담뱃대를 빨아가며 옛이야기를 들려주는 것으로 진화에 나섰다. 쫑긋 귀를 세우고 듣다보면 싸움은 싱겁게 끝나고 졸고 있기 일쑤였다. 젊은 며느리 앞세운 죄인이라며 잦은 한숨을 쉬던 할머니께 담배는 유일한 휴식이고 위로였다. 입이 짧은 고양이가 비린내를 맡고 부엌문 앞에서 알짱대던 새벽, 할머니는 장독대 위에 찬물 한 대접을 떠놓고 손을 비비셨다. 알아들 수 없는 자음과 모음이 옹알이처럼 들렸다. 대나무 숲 위로 배부른 달이 느릿느릿 서쪽으로 건너가는 중이었다.

'할매 손은 약손'이란 말이 귓전에 맴돈다. 잊힌 기억이 그리움을 만나 핏줄을 따라 목구멍으로 흐르다가 심장에 와서 요동을 친다. '절대 올라서지 마세요'라 적힌 안내문을 외면한 채 연화좌 턱밑까지 오르게 만든다. 까치발로 바투서서 내 왼손을 보살의 오른손바닥에, 내 오른손은 보살의 왼손바닥에다 살며시 포갠다. 할머니 손을 맞잡은 듯이 가슴 한쪽이 달뜬다.

미신이든 불심이든 결국은 마음의 문제겠지만 어떤 믿음은 아프다는 사실마저 잊어버리게 하는 큰 힘을 지닌 것 같다. 작은 제단이 눈에 들어온다. 누가 밝혔을까? 유리문 안에 중초가 조용히 타고 있다. 정오를 훌쩍 넘긴 9월 햇살 아래 큰꿩의비름꽃이 눈부시다. 범나비 두 마리가 이 꽃 저 꽃 옮겨가며 사이좋게 꿀을 딴다. 마애보살의 신비는 끝이 없고 다 헤아리지 못한 궁금증은 다음을 기약하면서 약사암으로 향한다.

옛 노래 속에는

회상은 어디까지가 사실일까? 아픈 기억을 애써 아프지 않게 하려는 주관적이고 자의적인 편집이 불가피할 거 같다. 별스럽게 감정 진폭이 큰 나는 콧노래를 부르다가도 별안간 울컥, 서러워질 때가 있다. 노래에 문제가 있는 것이 아니라 병적일 만큼 기복 심한 정서 탓이다. 동병상련이거나 오지랖이라 이름을 붙여도 어쩔 수 없다. 혼잣말처럼 흥얼흥얼 따라 부르는 가요의 행간에 누군가의 말 못할 사연이 녹아있으리라 생각하면 괜히 목젖이 뻣뻣해지면서 무겁게 내려앉는다.

내가 부르거나 듣는 옛 노래 속엔 쓸쓸한 배경이 뒷짐 지고 있다. 시작도 끝도 모른 채 뇌리에 박혀 똬리를 튼 구절이 무의식적으로 튀어나온다. 어두운 곳에서 더 어두운 곳으로 은둔해가던 아버지의 삶, 누룩 냄새가 지문처럼 박힌 격자무늬 방에서 '영이야 잘 있거라.' 라는 곡조가 고장 난 테이프처럼 무한 되풀이를 한다. 뒤죽박죽 뱉어낸 아버지의 노래는 세상을 향해 보내는 미약한 신호였을 게다. 감각이 둔해서 그 신호를 이제야 감지한다는 사실이 한없이 죄송스럽기만 하다.

채널을 돌리다가 '가요무대'라는 재방송을 본다. 한 번도 제대로 본 방송을 본 기억이 없는데 리모컨을 쥔 손이 요지부동이다. 생전에 아버지가 즐겨 보시던 프로그램이라서 가요무대만큼은 반드시 챙겨 본다던 누군가의 말이 스쳐 간다. "성은 허물어져 빈터인데 방초만 푸르러 세상이 허무한 것을 말하여 주노라 아~ 가엾다 이 내 몸은 그 무엇 찾으려 덧없는 꿈의 거리를 헤매어 있노라." 김연자 씨가 그녀 특유의 몸동작을 곁들여서 낭창한 창법으로 간드러지게 부른다. 그 가락 속에서 아버지의 술 취한 목소리가 뒤섞이다가 까무룩 잦아든다.

"나는 가리라 끝이 없이 이 발길 닿는 곳 산을 넘고 물을 건너서 정처가 없이도." 무슨 금의환향이라도 하는 양아버지는 고성방가로 당신의 귀가를 알리셨다. 어쩌면 주막에서부터 시작된 노래였는지도 모른다. 우리는 비상사태를 맞이한 제비 새끼들처럼 부산해졌다. "영이야 잘 있거라." 아랫목에 누우면서까지 후렴구처럼 불러재끼셨다. 옛터야 잘 있거라, 대신에 영이야 잘 있거라, 라고 개사해서 부르신다는 것을 당시엔 알 턱이 없었다. 사 남매 중에서 하필이면 내 이름으로 고쳐 부르셨는지, 그때도 지금도 아버지 마음을 이해 못 하는 건 매한가지다.

1932년에 발표되어 공전의 히트를 기록했으며 한국 가요 역사에 불후의 고전이라는 자막이 지나간다. 왕평이 작사하고 전수린이 작곡한 것으로 폐허가 된 고려의 옛 궁터 만월대를 찾았다가 느낀 쓸쓸한 감회를 그린 노래라는데, 음미할수록 애달픈 가사다. 경주에 가면 '황성공원'이 있다. 나는 막연하게 그곳이 노래의 배경인 줄 알았지만 아니었다. 몇 년 전에 정몽주의 혼이 서린 '임고서원'을 관광하다가 뜻밖에도 영천에서 '황성옛터' 시비를 만날 수 있었다. 조양공원에 세워진 이유는 왕평이 바로 영천 출신이기 때문이라 했다. '조양각'이라는 누각 뒤로 맑은 금호강이 유유히 흘렀다. 눈에 보이지 않는 시간도 함께 흐른다는 것을 생각하며 한참 서성이다 왔다. 그날의 기억이 텔레비전 화면에 잠깐 겹친다.

한국인은 흥이 많은 민족이라고들 한다. 특히 우리 집은 더 그랬던 거 같다. 내가 어렸을 적엔 언제나 손님들로 북적거렸다. 친척이나 친구 두셋만 모여도 술상을 차려놓고 젓가락 장단에 맞춘 노랫소리가 대나무 울타리 밖까지 흘러나오기 일쑤였다. 어쩌다가 멀리 사는 고모부라도 오시는 날이면 여지없이 닭 한 마리가 희생되곤 했다. 자욱한 연기를 내뿜으며 타는 솔 냄새도 좋았지만 그 속에서 듣는 노랫가락은 왠지 더 즐거웠다. 어린 마음에도 알 수 없는 어떤 행복감이 느껴졌다. 옆방에서 숙제하며 귀동냥으로 배운 노래들이 꽤 많다. 나이에 어울리지 않던 것들이 어느새 노래방의 내 단골 메뉴가 되었다.

와이셔츠 단추를 채워보면 안다. 옷 한 벌 입기도 그리 쉬운 일이 아니라는 것을. 첫 단추의 중요성이야 누구나 다 알고 있을 테지만 인생도 마찬가지가 아닌가 싶다. 아버지는 엄마와의 이른 사별로 결혼생활의 첫 단추 끼우는 일에 실패한 셈이다. 이런 걸 두고 운명이라고 해야 하는지. 두 명의 새엄마가 들어와도 실패한 인생이 달라지거나 나아지지 않았다. 옷의 단추야 잘못된 지점에서 깨닫는 순간 다시 처음으로 되돌아가 찬찬히 잘 채우면 완벽하게 된다. 하지만 한 번 어긋난 인생은 돌이켜 회복하기가 쉽지 않다. 잘못 채워진 아버지 인생의 첫 단추 때문에 내 유년도 곤두박질쳤다. 다복多福이 졸지에 박복薄福으로 뒤바뀌자 나의 계절은 등뼈 시린 겨울의 연속이었다. 유리창을 타고 내리는 물줄기처럼 숨어서 울며 견디는 날이 많았다.

술 취한 아버지가 그토록 목메어 부르시던 허물어진 황성옛터는 깨져버린 가정일지도 모르겠다. 살고 죽는 일이 어디 인력으로 되는 일인가. 새파랗게 젊어서 상처喪妻한 아버지는 모든 게 당신의 업이요 죄라고 여기셨던 것 같다. 허구한 날 눈만 뜨면 술독에 빠져 사신 원인이었을 게다. 아버지 삶을 통해서 내가 깨달은 것은 조강지처라는 자리, 그 자리의 의미와 무게였다. 힘들 때 우는 건 삼류, 힘들 때 참는 건 이류, 힘들 때 웃는 건 일류라는 셰익스피어의 말이 있다. 아버지는 도대체 그 말을 어떻게 아셨을까? 마치 일류가 되기 위해 술 힘을 빌려서라도 억지 웃음으로 노래 부르셨으니 말이다.

누구에게나 자기만의 노래가 있을 것이다. 무심코 그 노래가 흘러가는 방향으로 가다보면 문득 서러워지기도 할 게다. 세상에 즐거운 노래만 존재하는 건 아니라는 사실을 새삼 알게 되리라. 고층 아파트까지 안개가 깔린 저녁이다. 목울대 아래 우묵한 곳이 떨리며 올라오던 아버지의 노랫소리가 꿈결처럼 아련하다.

복원하듯 그렇게

|

피붙이처럼 서러운 것, 강퍅해서 외로운 것, 아파도 버리지 못
하고 끼고 있는 것, 조심스럽고 부끄러운 것, 무심결에 잘못한
것, 중얼중얼 눈물로 밥을 지어 고봉으로 담아 올려야겠다. 소
화력이 좋은 누군가가 따뜻이 잘 먹어주었으면 좋겠다.

선물

딸아이가 친구들한테 나눠준다고 캐나다에서 사온 손톱깎이를 챙겨서 나갔다. 나는 여행 중에 연락 받은 지인들께 전화 한 통 넣는 것으로 갈음했다. 사실 올해 우리는 그 어느 해보다 다사다난한 한 해다. 두 번의 이사, 동생의 사고 뒷바라지, 시어머님 팔순잔치, 수필집 발간준비 그리고 해외여행. 몸이 열이라도 모자랄 판이다. 이런 와중에 여행은 사치다 싶어 취소하려고 했으나 이미 지난여름에 완불한 경비의 손해가 크다고 해서 안 갈 수가 없었다. 더구나 수년 동안 푼푼이 모아온 내 상금 전액을 탈탈 털었지 않은가.

특별히 모난 성격은 아니라 생각하는데 사람을 많이 가리는 편이다. 인맥의 숫자보다는 인연의 깊이에 더 신경을 쓴다. 잘 삭은 오이지처럼 어쩌다 연락이 닿거나 만나도 반갑고 편안한 그런 관계가 좋다. 내 성향을 몰랐던 걸까? 알게 된 지 오래되지 않은 지인한테 짬을 내서 전화를 했다. 첫마디가 "변한 줄 알았어요."였다. 물론 반갑다는 표현이었겠지만 연애하는 남녀 사이의 '밀당'도 아니고 잠깐 당황했다. 소식이 뜸하다 싶을 때 누구라도 먼저 별일 없는지, 이사는 잘 했는지, 동생은 좀 어떤지 물어만 봐도 선물처럼 고맙지 않을까?

선물이란 말에 한참 지나간 선물 하나가 생각난다. 필리핀 세부로 여행 다녀온 동네 아우가 주걱 두 개를 내밀었다. 웬 거냐고 했더니 가이드가 영원히 썩지 않는다고 해서 사 왔단다. 텔레비전에서 본 적이 있는, 물속에서 자란다는 맹그로브나무로 만들었음을 직감적으로 알았다. 재질의 특성 때문인 듯 가볍고 매끈한 질감과 손아귀에 착 안기는 그립감이 좋았다. 옻칠을 했는지 짙은 갈색 빛깔이 반질반질 윤이 났다. 손잡이 부분에 그려진 앙증맞은 물고기 한 마리는 나뭇가지에서 놀다가 얼결에 따라온 모양이었다. 살다 살다 밥주걱을 선물받기는 처음이라 고맙단 인사보다 웃음이 먼저 나왔다. 헤픈 웃음은 가끔 예의를 잊어버릴 때가 있어서 난감하다. 일행들과 어울려 관광하기도 빠듯했을 텐데 친언니도 아닌 나를 떠올리며 고민해서 골랐을 것이라 생각하니 뒤늦게 가슴이 뭉클했다.

또 하나의 각별한 선물이 있다. 지금껏 그보다 더 뜻깊은 선물은 받아보지 못했다. A4용지 한 박스다. 냄비 속의 라면이 퍼지는 소리에도 세월이 가듯이 벌써 십 몇 년 전의 일이 됐다. 만학하며 시인을 꿈꾸던 시절로 거슬러 오른다. 함께 늦깎이 하던 학우가 무거운 종이 박스를 들고 찾아온 것이다. 그것도 한 시간 거리를 버스 타고 말이다. 500매×5권 한 박스의 당시 가격은 기억나지 않지만 돈으로 환산할 수 없는 감동이었다. 좋은 시 쓰라는 덕담은 덤으로 얹혀왔다. 고마운 마음을 생각하면 멋진 작품으로 보답해야 하는데 그게 의도와 욕심만으로 되는 일은 아니었다. 하지만 그 계기로 나보다 두 살 연상인 그녀와 좋은 친구가 되었고 동문으로서 유일하게 돈독한 관계를 유지하고 있다.

계절이 가을이었을 게다. 한 번은 그녀의 초대를 받아 집으로 갔다. 손수 지은 농작물을 올망졸망 챙겨주는 게 아닌가. 무릎 연골이 닳아서 의술에 의지하면서도 타고난 근면성을 버리지 못하는 것은 팔자라 할 수밖에 다른 해석이 불가능하다. 부지런함에도 한계가 있을 텐데 주기적으로 진통주사를 맞아가며 밭일하는 걸 보면 도저히 이해가 안 된다. 왜 굳이 저렇게까지 자기 몸을 혹사시키나 싶어서 안쓰럽다. 먹고 살기 부족해서라면 딱해서 가슴이 아플 일이다. 나는 너무 무리하지 말라는 말밖에 해줄 수 없음이 못내 아쉽고 안타깝다.

내 주변엔 호의나 배려를 권리로 받아들이는 이들이 더러 있다. 그런데 이 친구는 자기 몸이 망가지면서도 나눠먹는 맛에 농사짓는다고 한다. 요즘처럼 삭막한 현실에서 찾아보기 드문 사람이다. 아무나 흉내낼 수 없는 따뜻한 성품의 소유자가 아닌가 싶다. 역시 좋은 인연은 좋은 인연인지 일전에는 그녀가 부군과 함께 이사한 집에 첫 손님으로 다녀갔다. 부자 되라며 두루마리 화장지와 세제 그리고 농작물을 봉지봉지 싸들고 왔다. 누가 보면 피붙이라도 되는 줄 알게다. 나도 인심 내는 거 좋아하지만 그녀 따라가려면 한참 멀었다.

사람 사이에 인정이 없다면 얼마나 무미건조할까? 살다보면 정이라는 이름으로 소소한 선물을 주기도 하고 받기도 한다. 가끔은 배보다 배꼽이 더 큰 상황이 연출되기도 한다. 답례로 사는 밥값이나 술값이 더 나가는 경우도 있다. 그래도 사람의 마음을 어찌 돈으로 측정할 수 있겠는가. 연고 없는 도시에 정착한 지도 어언 20년이 넘었다. 식상한 표현이지만 제2의 고향이라 해도 무방하다. 보이지 않는 힘에 떠밀리다 보면 사람들 사이에서 멀미하기도, 중심을 잃고 헤매기도 한다. 하지만 폭 좁은 인맥 속에서 잔정을 나누는 이웃이 있어서 다행이고 든든하다. 그러고 보면 결국 사람이 제일 좋은 선물이 아닌가 싶다.

웃음 병법

살다 보면 넘어지지 않을 데서 넘어지는 경우가 있다. 산을 자주 다니다 보니 가끔 등산로에서 넘어진다. 오름길이 아닌 내리막에서 그것도 바윗길이 아닌 편편한 데서 자빠진다. 무릎이 까지거나 손목을 다치면 며칠 고생하기 마련이다. 누가 넘어진 나를 보고 '괜찮으세요?' 걱정스레 물어오면 이상하게 더 아픈 것 같다. 창피스러운 감정까지 아픔으로 전이되어 통증을 배가시킨다. 얼굴 팔려서 쥐구멍이라도 찾고 싶을 때 남편은 넘어진 내 모습이 재미난 구경거리인 양 실실 웃어댄다. 웃다가 미안해지면 체력이 고갈되고 다리 힘이 풀려서 그렇다는, 하나마나 한 위로를 하며 뒷수습에 열을 올린다.

수필 품평회가 있던 날이었다. 귀밑머리가 희끗하신 초로기의 문우께서 남의 작품을 대신 읽으셨다. 다행히 습작하신 분이 결석하셨기 때문이다. 다행이란 표현은 내가 웃음을 참지 못하는 큰 실수를 범한 까닮이고 쓰신 분이 안 계셨기 망정이라는 의미다. 초연한 어조로 대독하실 때 나는 눈으로 가만가만 따라 읽었다. 행이 바뀌고, 연이 바뀌고, 글줄이 내려갈수록 대책 없이 벌렁대는 내 콧구멍이 불안했다. 그때 어디선가 큭, 하는 신음이 들려왔다. 신호탄으로 착각했는지 겨우 참고 있던 웃음보가 터졌다. 당혹감에 휩싸인 내 눈은 이미 글줄을 놓친 지 오래, 웃음 하나 어쩌지 못하는 한계에 맞닥뜨렸다. 감정조절 기능을 상실한 나와 달리 시종일관 태연하고 침착하게 끝까지 읽어가는 낭독자의 끈기가 감사했다.

고장 난 수도꼭지처럼 잠가지지 않는 웃음을 움켜쥐고 혼자 안간힘으로 실랑이를 벌였다. 설상가상이라 할까. 느닷없이 눈물까지 쏟아지는 것이 아닌가. 낭패스럽고 버릇없는 웃음을 잠그기 위해 가운뎃손가락으로 눈자위를 꾹꾹 눌렀다. 엄마가 돌아가신 새벽, 아버지가 돌아가신 저녁, 첫사랑과 헤어지고 징징거렸던 여름, 당선을 확신한 공모전에서 떨어지고 속상했던 봄…, 내 생애에서 슬펐던 장면들만을 불러냈다. 그러나 아무리 용을 써도 이미 한 번 터진 웃음은 잠글 수가 없었다. 차라리 속 시원하게 웃을 수 있는 상황이었다면 일말의 기분전환이라도 되었을 텐데. 예의와 체면은 고사하고 눈알이 시뻘겋도록 눈물샘을 막느라 전전긍긍해도 소용없었다. A4 한 장의 양면을 읽는 시간이 그렇게 길다는 것을 처음 느꼈다. 예비 작가의 비문이 웃음의 마중물이었던 것이다.

낯익은 비틀거림이 담쟁이 넝쿨 우거진 시 창작 교실로 순간이동 시켰다. "이거 누구 작품이지. 비문학교 나왔어? 허허 이 정도 실력이면 비문학교 선생해도 되겠어. 아니 교장 선생님을 해도 되겠는걸. 시라고 해서 비문을 마구 써도 된다는 건 아니야. 아무리 짧은 문장이라도 비문은 절대 안 돼." 교수님이 일침을 가한다. 습작시를 쓴 학우의 얼굴은 부끄러워서 홍당무가 되고 오종종히 둘러앉은 우리는 웃음 참느라 홍당무가 된다. 사춘기 애들처럼 한 사람이 웃으면 빠르게 전염되지만 그렇다고 마음 놓고 웃을 수 있는 상황이 아니다. 오십보백보의 실력에 번번이 깨지고 무너지는 동병상련의 처지 아닌가. '비문학교'란 신조어는 영원히 잊히지 않을 우리들 추억의 낱말로 남았다. 웃음을 수용할 수 없을 때 요구하지 않은 웃음은 웃지 않을 자유권이나 선택권이 있었으면 좋겠다.

다 끝난 노름판을 기웃거리다 개평이랍시고 얻어 마신 술에 불콰해서 오신 아버지의 얼굴이 비대칭으로 기울곤 했다. 한때 반 한량으로 잘나가시던 분이 맞나 의심스러울 정도였다. 고주망태가 되신 당신은 우리 사남매를 윗목에다 일렬횡대로 앉혀놓고 주정을 하셨다. 레퍼토리는 한결같았다. 엄마 얼굴 기억하느냐, 잊으면 안 된다, 한 이야기를 하고 또 하는 것이 공식화되어 있었다. 사별의 슬픔을 이해하기엔 우린 너무 어렸고 누가 먼저랄 것 없이 키득키득 웃기 바빴다. 아버지는 취중에도 용케 아시고 제일 먼저 웃은 셋째의 정수리를 쥐어박으셨다. 아버지가 말씀하시는데 버릇없이 웃는다는 게 죄목이었다. 억울해진 셋째가 왜 나만 때리느냐 불만을 했다. 그러면 아버지는 버릇없이 말대꾸한다고 한 대를 더 때렸다. 때리는 아버지도 맞아서 우는 동생도 우리에겐 희극이었다.

웃음에 총량제도라는 게 있을까? 얼마를 웃으면 더 이상 웃지 못하게 하는 규정 같은 거 말이다. 소싯적엔 방귀 소리에도 입천장이 보이도록 웃었건만 요즘엔 텔레비전의 개그를 봐도 좀체 우습지가 않다. 어지간해선 흥미로운 게 없다. 그런데 모처럼 눈물이 쏙 빠지도록 웃었지 않은가. 오히려 넘치는 웃음을 다스리지 못해서 쩔쩔맸다. 냉소적인 웃음이 아니라 추억 속을 걷는 그리움의 웃음이었다.

그러고 보면 오늘의 습작은 일단 문학의 효용성 면에서 성공한 셈이다. 한 명의 독자라도 즐거움을 안겨주었으니까. 하지만 웃으면 안 될 자리에서 웃는다는 것은 넘어지지 않을 곳에서 넘어지는 일만큼이나 난처했다. 중요한 것은 웃음과 눈물이 한통속이란 것을 알게 됐다는 사실이다. 웃음으로 속울음을 위장해 보는 것도 살아가는 한 방식이리라. 웃음은 행복의 대명사 같지만 누군가의 웃음소리를 가수분해하면 비릿한 슬픔이 흘러나올는지 모른다.

공감

우편함을 차지하는 건 각종 고지서와 홈쇼핑 책자들이 대부분이다. '공무원연금'과 '카툰공감'이라는 책은 매달 오는 고정 손님이 되었다. 공무원연금지는 남편 이름으로, 공감은 내 이름으로 된 우편물이다. 수신인이 누구든 간에 둘 다 내가 개봉하지 않으면 식탁 위에나 소파 구석에 박혀서 며칠이든 방치되기 일쑤다. 그리고 북구청 명예기자로 등록된 덕분에 구청에서 보내주는 '행복 나눔'도 한 달에 한 번 우편함을 채운다. 소소한 내용들이지만 지역민의 생활 정보와 삶의 모습을 접할 수 있는 나름대로 소중한 소식 통로가 되어준다.

얇은 비닐커버를 벗기고 '공감' 5월호를 펼친다. 하트 모양으로 만들어진 빨간 카네이션이 먼저 눈에 들어온다. 5월을 '오래 전에 죽은 자를 생각하는 달'이라고 한 인디언 아라파호족의 말처럼 5월이면 유난히 돌아가신 부모님 생각이 간절해진다. 어느덧 챙기는 나이에서 챙김을 받는 나이가 된 것에 서글픈 마음도 들지만 그래도 아직 내가 챙겨 드려야 할 시어머님이 계시니 다행이고 고마운 일이다.

어버이날을 앞두고 미리 노모를 모시고 삼천포 나들이를 했다. 생선회를 많이 드시지는 않지만 차 타고 바람 한번 쐬는 것만으로도 흡족해하신다. 사실 내가 나이를 먹어보니까 값비싼 선물보다 자식들 얼굴 한번 더 보고 밥 한 그릇 함께 더 먹는 것이 훨씬 좋다. 어머님도 별반 다르지 않으시리라 여겨 어버이날과 당신 생신이 되면 바깥 나들이 시켜 드리는 것을 연례행사로 삼은 지가 오래다.

'보람이네 선거교육' 이라는 코너를 읽는다. 카툰 공감이라고 적힌 책 제목에서 알 수 있듯이 각 코너마다 놓치기 쉬운 중요한 알림이나 정보를 만화형식으로 담아서 독자의 이해를 돕는다. '최순실 게이트' 로 온 나라가 시끄럽더니 결국은 대통령이 탄핵되는 초유의 사태를 맞았다. 정치에 관심이 있는 것도 지지하는 정당이 있는 것도 아니다. 다음 대통령을 급히 뽑으려는 정치권이 바빠졌다는 것을 뉴스를 통해서 알뿐이다. 누가 정권을 잡는가가 중요하지 않다. 진정으로 힘없는 국민들 편에서 일하고 부정부패 없이 나라를 이끌어줄 분을 현명하게 잘 뽑았으면 좋겠다는 국민으로서 당연한 바람을 가져본다.

'만화로 보는 우리말' 까지 단숨에 훑었다. '다음 호에도 올바른 우리말이 이어집니다.' 라는 작은 글씨의 안내 문구가 별안간 우려로 읽히는 것이다. 만약에 정권이 교체되면 어떻게 되는 거지? 순간 이 책자의 존재유무가 불투명할 것이라는 생각이 꼬리를 문다. 그리 되면 이어지지 못할 수도 있겠다 싶은 거다. 물론 '공감' 이란 이 작은 책자가 사라진다고 해서 크게 불편할 것도 아쉬울 것도 없다.

지인의 소개로 아무 생각 없이 '주부모니터단'이라는 단체에 가입했었다. 단순한 호기심이었다. 그때 인연으로 지금까지 '공감'이란 책이 날아온다. 주부가 바꾸는 세상, 생활 속 작은 이야기들에 귀 기울이고 정부와 소통할 수 있는 통로로 삼는다는 목적이 인상 깊었다. 주부들의 생각을 정치에 반영하겠다는 취지가 신선하고 좋았지만 난 그 당시 학업과 병행하느라 별다른 활동을 한 업적은 없다. 발대식에서 대통령과 악수한 것, 그해 여름 청와대에 초청받아 방문한 것이 개인적인 성과이자 역사로 남았을 뿐이다. 하지만 열심히 뛴 주부들도 많았다. 의견이 실제 정책으로 채택되어 실행에 옮겨진 건수가 많다고 들었다.

자기표현을 좀체 하지 않는 아들이 힘든 속내를 비쳤다. 남편은 가만히 들어주기만 하는데 나는 위로한답시고 "남의 돈을 버는 일이 그리 쉽겠느냐, 다들 그렇게 산다, 아빠도 말을 안 해서 그렇지 그렇게 벌었고 너희들을 키웠다. 참고 견뎌라…." 심판자처럼 지극히 이성적인 말만 늘어놓고 말았다. 대기업이 더 힘들다는 이야기는 다른 경로를 통해 알고 있었으면서 말이다. 푸념하는 아이 마음을 토닥여주지는 못할망정 상처에 왕소금을 뿌린 격이었다. "이래서 엄마하고는 대화가 안 돼." 하며 어렵게 연 입을 닫아버렸다. 아차, 싶었다. 차라리 남편처럼 가만히 들어줄 걸, 들어만 줘도 위로가 되었을 텐데, 생각이 짧아도 한참 짧았던 거다. 딸과 달리 아들 일에는 왜 이렇게 속이 좁고 공감이 부족한지, 늦은 반성을 했다.

어떤 관계든 공감이 매우 중요하다. 훌륭한 대안을 제시하는 것도 미덕이겠고 날 세운 공방도 필요하겠지. 그러나 같은 눈높이에서 봐주고 들어주고 고개 끄덕여주는 자체가 힘이고 버텨나갈 에너지가 될 수도 있다. 대세에 지장이 없다면 상황에 동참해 주는 것만으로도 충분히 의미 있는 일이 아닐까 싶다. 그러니까 진정한 공감이란 배려와 소통이 함께할 때 비로소 이뤄지는 것이리라. 이론으론 알면서도 실천이 안 되는 게 문제다. 부모 자식 간에도 공감하기 어려운데 하물며 타인과는 오죽하겠는가. 내 자신의 공감 능력을 점검해 보는 계기가 된다. 한발 물러난 위치에서 따뜻하게 바라볼 줄 아는 지혜는 어디쯤 있을까? 고딕체로 쓰인 뒤표지의 '아름다운 선거'를 읽으며 책을 내려놓는다.

즐거운 고통

반가우면서도 밀어내는 인연이 있듯이 푸른 잎사귀 적시며 내리는 봄비를 타박한다. 빗방울 타고 조용히 사색의 나래를 거니는 것도 좋지만 오늘처럼 갑자기 비가 오면 일상이 꼬이기 때문이다.

나를 이기고 싶을 때 나는 산으로 간다. 반전의 일종이랄까? 사람들은 내가 올랐던 산들에 대해 이야기하면 선뜻 믿으려 하지 않는다. '설마'라고 되묻는 것은 어쩌면 당연한 의심일지 모르겠다. 태생적인 약골 유전인자 속에 유난히 겁이 많음을 스스로 아는 까닭이다. 그러나 언젠가부터 고된 산행을 반복하는 것은 등산이 주는 쾌감과 성취감을 이미 맛보았기 때문일 게다. 그보다 먼저 발등에 떨어진 건강관리가 시급한 것이 솔직한 이유라 하겠다. 걷기보다 더 좋은 약은 없다는 전문가의 조언을 따르려고 노력한다.

계획만 세우던 무박 2일 설악산 종주의 꿈을 이뤘다. 중급자 이상 모

집이란 제한에도 불구하고 20여 년 산을 탄 경력을 믿어보기로 했다. 느린 걸음이지만 가능성은 반복에 정비례한다는 확률의 법칙이 망설이는 내게 용기를 북돋아주었다. 경험은 그만큼 무시할 수 없는 재산이 아닐까 싶은 기대와 함께 가끔 동참하는 산악회에 따라붙은 것이다. 전날 밤 10시 50분에 출발하여 오색주차장에 도착하니 새벽 3시였다. 대청봉·중청·봉정암·백담사로 하산하는 1코스와 대청봉·중청·공룡능선·오세암으로 하산하는 2코스로 나뉘었다. 남편과 나는 1코스를 선택했다. 수치상의 거리가 조금 짧기도 하고 봉정암에 들리고 싶은 마음에서였다.

새벽 3시의 숲은 삼라만상이 잠들어 있는 것 같다. 무슨 업보일까? 일렬로 줄지은 일행들이 랜턴을 들고 산속으로 들어선다. 어떤 각오인지 의중을 읽을 수는 없지만 발걸음이 힘차다. 웅성거리는 소리에 단잠에 빠져있던 오솔길이 부스스 깨어난다. 느닷없는 불빛에 놀란 산새들의 뒤척임이 들린다. 산에서는 사람이 외부자다. 인간 중심의 세상이다 보니 어쩔 수 없긴 하겠지만 진정으로 자연을 보호한다면 입산 자체를 금지하는 게 옳을 것이다. 적어도 산짐승들의 취침 시간만이라도. 얄팍한 양심 속에 선잠 깬 돌부리의 시비에 걸려 자빠지지 않으려고 두 눈을 부릅뜬다. 어둠을 훑느라 몇 걸음 나아가지 못했건만 이마며 등줄기로 땀방울이 흥건하다. 새벽 산바람이 서늘한데도 땀이 나는 것은 열성 체질 탓이다.

보폭이 빠른 사람은 대청봉에서 일출을 볼 수 있다는 인솔자의 말이 들린다. 엄감생심 우리는 꿈도 못 꿀 일이다. 무리에서 낙오되지 않고 완주하여 민폐를 끼치지 않는 것만이 최대 목표다. 오름에서는 후미를 면하지 못하지만 다행히 내림에서는 선두가 된다. 그만큼 우리에게 하산은 수월하다. 거북걸음이라도 논스톱으로 꾸역꾸역 걷다보면 뒤처진 거리를 따라잡기 때문에 오히려 정해준 시간보다 일찍 도착한다. 그것을 믿고 번번이 가상한 용기를 내는 것이다. 다섯 시 반이 넘어서자 동트는 햇살의 붉은 빛이 서서히 하늘 가장자리로 번진다. 랜턴을 꺼도 될 만큼 날이 밝았다. 무성한 나뭇가지에 가려져 일출 장면을 찍을 수 없음을 아쉬워하며 걸음을 재촉한다.

어둠의 잠옷을 완전히 벗은 산의 실루엣이 장관이다. 설악산은 이미 네댓 번을 올랐건만 처음인 양 신비롭고 감격스럽다. 어느 계곡 어느 능선을 보아도 온통 초록 물결이다. 뾰족 바위들이 날카로운 맨 얼굴을 숨기려는 듯 목선까지 엷은 안개를 걸치고 있다. 위상과 장엄함은 감탄을 자아내기에 충분하다. 봄과 여름의 공존이랄까? 5월이 채 가기도 전에 성급한 더위가 기승을 부린다. 푸르게 우거진 나무와 향기로운 풀냄새가 계절을 앞당기고 있다. 그럼에도 바위틈마다 봄의 전령인 진달래가 한창이다.

대청봉을 찍고 중청대피소에서 아침을 먹는다. 가장 힘든 오름 구간을 올랐으므로 한시름 놓지만 그렇다고 마냥 안심할 수는 없다. 무려 18킬로미터의 장거리산행이 아닌가. 신발 끈을 점검하고 다시 서두른다. 소청을 지나 별 무리 없이 봉정암 도착이다. 이미 몇 차례 숙식을 한 인연에선지 궁금하고 그립던 곳, 큰 바위만 봐도 그냥 반갑다. 전에 없던 건물을 발견하자 발이 자연스럽게 들어선다. 그 사이 대웅전이 '적

멸보궁' 이란 이름으로 옮겨졌다. 건너편 사리탑이 나뭇가지 사이로 보이다 말다 그런다. 공양미 한 봉지에 소원을 적어 단상에 올린다. 땀에 젖은 몸이지만 경건히 삼배를 드리고 물러났다. 든든한 하산을 위해 공양간에 들러 미역국 한 그릇을 위장에 비축한다.

이제부턴 본격적인 내리막이다. 산세 구경은커녕 바윗덩이들이 걸음을 방해해서 한순간도 방심할 수 없는 구간이다. 새벽 3시부터 노동을 강요당한 발바닥이 더는 갈 수 없다고 떼를 쓴다. 웅크린 발가락은 비명도 못 지르고 발바닥 눈치만 본다. 내 발이 내 발 아닌 것처럼 감각이 없다. 딛고 선 땅이 허공인지 바닥인지 가늠조차 안 된다. 지칠 대로 지친 의식이 맞설 기력을 잃고 몽롱해진다. 졸음이 엉겨 붙은 눈꺼풀에 바람 한 줄기 지날 때 핸드폰이 울린다. "엄마, 어디야?" 딸애의 목소리를 듣는 순간 정신이 번쩍 든다. "응, 여기 설악산…" 내 말이 채 끝나기도 전에 "중독이다 중독" 빛의 속도로 날아온다.

산모들이 출산의 고통을 잊어버리고 또 아이를 낳듯이 산행도 그렇다. 악산을 만나 매서운 고생을 할 때면 치를 떨다가도 이내 잊어버리고 또 나선다. 누가 강요해서가 아니라 자발적인 고행이다. 산 하나를 접수하고 오면 내가 나를 이긴 것 같은 착각에 빠진다. 그걸 즐기는 건지 모른다. 딸아이 말대로 지독한 중독 현상일까? 하지만 중독이란 표현 대신 즐거운 고통이라 해두고 싶다.

어느새 빗줄기가 굵어졌다. 빗물이 지나간 창틀을 바라보는 내 눈에 조롱조롱 잠이 고였다. 모처럼 한낮에 거친 빗소리를 베고 눕는다.

외상 여행

외상이라면 소도 잡아먹는다 했던가. 이것은 내 전문 분야다. 돌아보면 집도 차도 외상으로 저질렀고 냉장고와 세탁기도 외상으로 사들였다. 아이들 대학도 학자금 대출로 공부시켰으니 마찬가지다. 요즘은 밥이나 술까지 외상으로 먹는다. 직불카드를 사용할 경우도 있지만 대부분 후불제 카드를 쓴다. 하다하다 이제는 여행까지 외상을 그었다. 빚이란 인식의 감각이 무뎌져서 점점 조삼모사가 되어간다. 이런 식으로 살다가 언젠가는 치명타를 입을지 몰라 두렵다. 하지만 공짜로 느껴지는 순간적인 심리 때문에 외상을 포기할 수 없으리라.

자의든 타의든 속도를 중시하는 시대에 살고 있다. 가끔은 멈출 줄도 알아야 한다. 진정한 휴식이란 누군가가 선물하는 게 아니라 스스로 마련하는 것이라지 않던가. 거기에 가장 적합한 것이 여행 아닐까? 여행은 잊고 있던 나 자신 또는 소중한 장면들과 마주하기 좋은 기회를 제공한다. 지난해 해외여행을 한 사람이 2,200만 명, 우리나라 국민 다섯 명 중에 두 명이 다녀온 셈이라니 놀라운 수치다. 시류에 편승하려는 것은 아니지만 결과적으로 그리됐다. 세상으로부터 혹은 과욕으로부터 들볶이고 시달리느라 마모된 영혼에게 회복할 시간을 주고 싶었다. 얼마나 쉬느냐가 아니라 어떻게 쉬느냐에 방점을 찍기로 한 것이다.

영화 '글루미 선데이'를 처음 보았던 게 2008년도다. 1대2로 사랑을 공유한다는 전반부가 이해도 납득도 안 됐다. 주인공 여자 한 명에 남자 두 명의 삼각관계 구도는 익숙한 '일남이녀' 형식을 타파한 19금禁이었다. 앞서가는 예술이라 평가하기에는 내 정서가 너무 고루했고 보수 경향의 성性 의식을 뒤엎는 파격적인 영상이 당혹스럽기까지 했다. 마치 엄마 품에 안긴 다정한 형제처럼 여자의 팔을 하나씩 사이좋게 나눠 베고 누운 남자들, 행복감 가득한 무언의 표정이 각인이 되어 잊히지 않았다.

내 안에는 나도 모르는 다중인격이 자라는 것일까? 이해 안 되면서 이해되기도 하는 양면성 속에서 영화의 공간적 배경인 부다페스트로 날아가곤 했다. 헝가리의 수도라는 정도만 알뿐 지구본을 돌려보지 않고는 어디에 붙은 땅덩이인지 가늠조차 못하면서 영화 주제곡에 푹 빠져들었다. '부다페스트'라는 지명은 지명 이상의 특별한 시니피앙이 되어 막연한 동경을 부추기는 기표로 작용했다.

눈 몇 번 감았다 뜬 것 같은데 시간은 호접몽처럼 흐르고 10여 년 만에 소원을 풀었다. 직항이 아닌 열사의 나라 두바이를 경유한 것은 상품 단가를 낮춰 더 많은 고객을 모으기 위한 여행사의 장사 수완이었다. 대부분 선택 관광이지만 10개월 무이자라는 아이템은 소시민인 내게 최고의 미끼로 기여했다. 암튼 홈쇼핑 덕분에 부담 없이 동참하게 된 사실만은 부인할 수 없다.

호불호는 동전의 양면처럼 붙어있기 마련인가. 장시간 비행에 온몸이 뒤틀렸다. 죄수처럼 좁은 의자에 갇혀 허리를 접었다 폈다, 두 다리를 올렸다 내렸다, 좀이 쑤셔 별짓을 다해도 협소한 자리에 적응되기는커녕 짜증이 증폭됐다. 그런 와중에도 부다페스트만 생각하면 입 꼬리가 슬며시 초승달을 그렸다. 능력 있고 다정한 레스토랑 주인 자보와 그곳에서 피아노를 치던 작곡가 안드라스, 이 두 남자를 동시에 사랑한 일로나, 그들을 만날 수 있으리란 부푼 착각이 불편을 설렘으로 바꿔주었다.

부다페스트는 산지인 부다와 평지인 페스트를 가로지르는 다뉴브 강을 사이에 두고 있다. 겔레르트 언덕에서 내려다본 시가지는 고풍스러운 건물들이 늘비하여 시간이 멈춘 듯하다. 왕궁과 어부의 요새, 이슈트반 대성당, 웅장하고 거대한 건축물에서 장인의 섬세한 숨결이 전해진다. 한쪽 귀에 이어폰을 끼고 로컬가이드의 설명을 들으며 골목골목을 누비느라 등줄기에 땀이 흥건한 줄도 모르고 걷는다.

주택가로 들어서자 비슷비슷한 양옥들이 동화 속에서 막 빠져나온 것처럼 아름답다. 집의 외향을 돋보이게 만든 건 마감재가 아니라 테라스에 걸린 이름 모를 꽃들이다. 꽃그늘에 기대어 기념사진 몇 컷을 찍으며 잠시 땀을 닦는다. 서양 사람들 틈에 동양인들이 꽤나 많다. 우리처럼 한국에서 온 단체들도 더러 눈에 띈다. 같은 언어를 사용한다는 공통점 하나만으로 그냥 반가워서 눈웃음을 건넨다.

유람선을 타고 다뉴브 강줄기를 느리게 더듬는다. 엉덩이를 가만히 붙여놓을 수가 없다. 현란하지 않은 은은한 불빛들이 이방인의 마음을 푸근하게 감싼다. 실루엣 같은 밤안개가 이국정취에 빠져들기 충분한 몽환적인 분위기를 자아낸다. 뱃머리를 치고 온 물바람이 땀에 젖은 볼을 간질인다. 오래전에 잊은 사람의 손길처럼 감미롭다. 강변에 자리 잡은 국회의사당 불빛이 강물에 흘러들어 황금물결로 일렁거리는 모습은 고흐의 '별이 빛나는 밤'을 연상케 한다. 화룡점정이랄까? 윤오월의 보름달이 야경 완성에 마침표를 찍는다. 영화에 나온 세체니다리는 먼발치서 보는 것으로 만족해야겠다. 부다페스트 어느 거리에서도 주인공들의 발자취를 찾아볼 수 없어서 상상은 상상에 그치고 만다.

시차를 조절하며 기억을 푼다. 빨리 감은 카세트테이프처럼 한꺼번에 여러 형상들이 뒤엉킨다. '이성적인 여자는 실수하지 않는다. 그러나 후회는 한다. 감성적인 여자는 실수한다. 그러나 후회는 하지 않는다.' 제인 오스틴의 글을 되뇐다. 이성과 감성이 양념 반 간장 반의 치킨처럼 반반이면 딱 좋겠지만 나는 감성적인 여자에 속하나보다. 실수는 해도 외상 인생에 대해 후회는 없으니까 말이다. 다만 앞으로 10개월 동안 식탁이 조금 넓어 보이긴 할 게다. 거슴츠레한 눈빛으로 서성이는 밤, 뎅그렁거리는 성당 종소리를 환청으로 들으며 자정을 넘긴다. 도망간 잠을 잡을 길 없어 별만 세는데 날마다 국경을 넘던 시간이 손짓한다. 크로아티아 변두리 호텔 옆에서 마신 흑맥주 생각에 입술이 달싹여진다.

21년만의 이사

하루키의 신작 '기사단장 죽이기'를 읽기 시작했다. 임시 거주지인 이곳 생활, 여행 나온 기분과 어린 시절 소꿉놀이의 재현 비슷한 일상이 닷새째 이어지고 있다. 생각하기에 따라 크게 불편한 것은 없다. 그렇다고 아주 불편하지 않은 것도 아니다. 피붙이 같은 가재도구며 화초들과 뿔뿔이 흩어져 공중 부양한 것 같은 어수선함 속에 시간이 간다. 책을 읽는 것 말고는 아무것도 손에 잡히지 않는다. 하루빨리 내 집으로 복귀하고 싶은 마음뿐이다. 매미가 밤낮 없이 맹렬히 울어댄다. 저 울음소리가 끝날 즈음이면 우리도 우리의 새 보금자리로 돌아갈 수 있었으면 좋겠다는 바람을 품는다.

'8·2 부동산대책 여파'라는 표제어의 기사를 읽었다. 집주인도 세입자도 이번에는 너무 세다는 반응. 정부가 발표한 '주택시장 안정화 방안' 시행 첫날인 3일, 부동산 시장이 큰 충격에 빠졌다. 특정 도시를 제

외하면 줄곧 침체기 아니었던가? 적어도 우리는 그리 생각하고 있었다. 도무지 집이 안 팔렸으니까. 이번 방침으로 어떤 파장이 올지 짐작조차 할 수 없는 다주택자들은 불안에 떤다니 괜히 덩달아 불안하다. 시아버지가 돌아가시고 고등학생이던 남편 명의로 상속된 시골집이 문제될까 봐 급히 시동생한테 넘겼다. 투기의 '투' 자도 모르다가 새 아파트로 갈아타려고 분양받았던 게 일시적 2주택, 시골집까지 3주택보유자가 된 것이다. 그 기한이 콧등에 닿았고 거의 포기 상태에서 세금이 얼마나 나올지 속을 태우고 있었다.

동네 부동산 두 곳에 내놓고 1년이 다되도록 거래가 되지 않던 집인데 구세주처럼 임자가 나타났다. 번갯불에 콩을 구워먹는다는 속담은 이런 현상을 두고 하는 것일 게다. 수박 겉핥듯이 건성으로 둘러보고 간 젊은 부부가 있었다. 그런 사람을 한두 번 본 게 아니라서 솔직히 별반 기대도 안했다. 도배를 새로 하고 전등을 교체한 덕을 본 것일까. 다음날 바로 계약을 하겠다고 나왔다. 믿기지 않았다. 무슨 조화인지 그들도 우리처럼 상황이 급한 모양이었다. 나라에 세금으로 바치느니 집이 꼭 필요한 실수요자한테 조금 싸게 넘기는 편이 더 낫다는 평소의 생각대로 무난히 거래가 성사되었다. 이래서 인연은 다 따로 있다고 하나보다.

그러니까 꼭 3년 전이다. 입주를 앞둔 새 아파트를 세놓았었다. 속사정을 모르는 이들은 새집을 남 준다고 아까워했지만 잔금이 부족해서였다. 깨끗하게 써주는 조건으로 시세보다 낮은 금액에 2년 계약을 했다. 살고 있는 헌 집이 팔리지 않아서 작년 요맘때 같은 조건으로 1년

자동 연장시켰다. 부동산중개업자는 5천만 원은 더 올려 받을 수 있다고 흔들었지만 굳이 그럴 필요 없다고 잘랐다. 대신에 언제든 이쪽 집이 팔리면 비켜주는 조건을 걸었다. 그렇게 1년이 또 무심히 흘러 1가구 2주택 보유기한이 임박한 터였다. 2주 정도 앞두고 매수자가 나타났으니 얼마나 극적인가 말이다. 마침 갓바위에 다녀온 날이라서 남편은 부처님 공덕으로 돌렸다. 나도 순순히 동의했다.

호사다마거나 입장 차이일 게다. 세입자에게 집을 빼달라고 알렸더니 돌아온 말이 '웃긴다'였다. 흔히 쓰는 말인데 어조 문제랄까? 봉변을 당한 듯 모욕감이 심장을 찔렀다. 이성이 마비되는 것 같았다. 사흘 전에 1년 더 연장하자는 전화를 그쪽에서 했고 나는 그러자 한 것이 화근이었다. 자극하기 싫어서 흥분을 가라앉히고 호흡을 가다듬었다. 불쾌감을 감추고 두 달 말미를 주겠노라, 인내심을 발휘해 용건을 마저 전달했다. "그럼 기다리세요." 한마디 뱉더니 전화를 일방적으로 뚝 끊어버렸다. 그 순간 그리 말하는 이의 입술 모양이 궁금했다. 헌집이 팔리면 언제든 나가주겠다고 합의한 사항이고 그래서 시세보다 싸게 놓은 건데 과정은 생략한 채 너무 감정적이었다. 이해하자, 기계적으로 나를 다독였다. 얼결에 한 방 얻어맞은 통증이 한동안 욱신거렸다.

인간적 예의의 최저점은 어디쯤일까? 어안이 벙벙한 채 전화기를 내려놓지 못하던 손의 떨림을 차마 잊을 수가 없다. 급한 나머지 지인이 건물주인 구미의 빌라를 빌려서 월세로 들어왔다. "그럼 기다리세요." 말벌처럼 톡 쏘아대던 그녀의 말이 수시로 귓전에서 앙앙댄다. 주인이 갑인 줄 알았던 인식이 무너진 것이다. 세입자가 갑이라니, 남의 집에

세살이 하는 자식들 생각하면 무척 다행한 일이다. 어둠에 몸을 숨기고 먹잇감을 기다리는 짐승처럼 납작 엎드리고 기다리는 수밖에 도리가 없다. 머릿속에서 일렁이는 알량한 자존심은 최대한 눌러둔 채.

　곡절 많은 21년만의 이사는 비 때문에 이틀에 걸쳐 짐을 옮겨야 했다. 새집에 들어가려면 또 한 번의 이사가 불가피하다. 피난살이처럼 대충 챙겨 빌라로 오고 가재도구 대부분은 컨테이너에 보관 중이다. 고온다습한 계절이라 옷이라든가 이불, 책들에 곰팡이가 슬지 않을지 그 점이 제일 염려스럽다. 우리 부부의 현실 적응 능력이 대단한지 이곳 생활은 웬만큼 안정을 되찾았다. 집주인의 따뜻한 인정 덕분에 크게 불편한 것은 없다. 호접란도 마찬가지인가? 자리가 바뀌었음에도 거실 한쪽에 꿋꿋이 피고 있는 일곱 송이 붉은 꽃이 유난히 화사하다. 호사다마라 했던 오늘의 감정을 전화위복으로 고쳐놓는다. 읽던 페이지에 가름끈을 끼워놓고 무릎걸음으로 꽃에게 다가간다.

꽃보다 숭어

그럭저럭 구미 생활 한 달째다. 금오산 아래 금오지 산책로를 걷는다. 쉽게 물러나지 않을 것 같던 여름이 가고 바야흐로 9월이다. 어디선지 아직 제짝을 못 만난 매미가 그악스럽게 울어댄다. 아침저녁으로 제법 서늘한데 여름 곤충인 매미의 내일이 염려스럽다. 아무리 추워도 매미는 한 번 벗은 허물을 도로 껴입지 못할 것 아닌가. 쓸데없는 걱정이 아니라 여름 옷가지만 챙겨 나온 우리 처지랑 비슷해서다. 물고기 몇 마리가 떼를 지어 유유히 지나간다. 문득 접힌 생각 안쪽에 예쁜 소품처럼 자리 잡은 아름다운 풍경이 고개를 든다. 기억 서랍 하나를 연다.

강행군이었다. 패키지상품이 대개 그렇다는 건 익히 알고 있던 터였다. 날마다 국경만 넘었다는 고생담을 부러움으로 들었다. 그 재미가 어떤 것일까, 상상과 호기심을 키우다가 내게도 기회가 온 것이다. 두바이, 체코, 헝가리, 오스트리아, 슬로베니아, 슬로바키아, 크로아티아까지. 수박 겉핥듯이 단시일에 7개국을 돌았다. 실제로 경험해보니 듣던 대로 만만찮은 일정이었다. 몸은 고돼도 묘하고 짜릿한 즐거움이 있었다.

'꽃보다 누나' 여배우 편을 찍은 곳에 왔다. 플리트비체 국립공원은 자그레브와 자다르, 두 도시의 중간 지점에 위치한 유네스코 지정 세계 문화자연유산에 등재된 공원이다. 최초의 발견자는 어떤 기분이었을까? 계단식으로 펼쳐진 16개의 호수가 있고, 그 위로 크고 작은 92개의 폭포가 몽환적 분위기를 자아내며 일정한 속도로 흘러내린다. 폭포수가 소를 형성하다가 그 물이 모여서 호수로 발전된 것이다. 경사와 수평과 깊이를 한눈에 다 보여준다. 누구의 설계인지 몰라도 이 영역은 인간이 만들 수 없는 절경이다. 내가 아는 모든 감탄사를 동원해도 느낌 그대로의 느낌을 한 문장으로 완성 시키지 못할 것 같다. 주인공은 막판에 모습을 드러낸다던가. 여기서 8박 10일짜리 동유럽 여행의 마침표를 찍는다. 인종과 성별, 나이를 막론하여 일렬로 늘어선 관광객들이 물과 뭍의 경계선을 그으며 천천히 지나간다.

무슨 물감을 풀어야 저런 색이 나올까? 하늘색·밝은 초록색·청록색·진한 파란색·회색 등 날씨에 따라 컬러가 달라진단다. 나는 그저 와! 외마디의 감탄만 할 뿐이다. 물빛이 아름다운 에메랄드빛을 띠는 이유는 석회 성분이 호수 바닥에 깔려 있기 때문이란 가이드의 설명을 듣는다. 거대한 수조가 된 하얀 바닥이 짙푸른 물빛을 더욱 돋보이게 한다. 기후는 우리와 비슷해서 7월의 날씨가 무척이나 덥다. 허공을 채우는 가득한 물소리가 뜨거운 열기를 식혀주지만 몇 발자국 걷지 않아서 땀범벅이 된다. 그러나 자연이 빚은 걸작 앞에서 불평할 틈조차 없다. 공원이 잘 관리되고 있는 것은 보호 가치가 높은 동식물의 서식지라서 국가적 차원으로 심혈을 기울이고 있단다. 공원 내의 표지판이 나무로 되어있고, 산책로 역시 나무와 흙길로 펼쳐져 있다.

차라리 물계단이라 불러야 할 거 같다. 그리 높지 않은 산을 타고 수직으로 흘러내리는 물줄기가 경쟁하듯이 쏟아진다. 관광객들이 물보라 아래서 꿈결인 듯 걸어간다. 천국이나 극락이 따로 없다. 1초도 눈을 뗄 수 없는 물빛에 홀려 자칫하면 호수에 빠질 수도 있을 것 같다. 물고기들 숨소리가 수런댄다. 마치 들어오라 유혹하는 듯 빠끔거리는 주둥이를 치켜들고 가장자리로 몰린다. 내가 저들을 구경하는지 저들이 나를 구경하는지 헷갈릴 지경이다. 물이 반 고기가 반이라는 말은 이럴 때 쓰나 싶다. 떼 지어 다니는 녀석들 이름이 숭어다. 나는 숭어와 송어를 같은 어종으로 잘못 알고 있었다. 숭어는 숭엇과의 물고기고 송어는 연어과의 바닷고기다. 여유롭고 우아한 몸놀림에 동화되어 '꽃보다 숭어' 하고 중얼거린다.

금강산도 식후경이라지만 호수 구경을 끝내고 식당으로 갔다. 패키지여행은 자기 식성대로 메뉴를 선택할 수 없는 단점이 있다. 오늘 점심은 생선요리. 유럽 땅에 발을 내딛는 날부터 줄곧 빵과 치즈만 먹던 터라 사뭇 기대가 크다. 호기심이 식욕을 부추길 무렵 기다리던 숭어구이가 나왔다. 하얀 민무늬 도자기 접시 위에 늘씬하고 통통한 몸이 얌전히 누워있다. 사선으로 그인 실금 사이로 잘 익은 속살이 입맛을 돋운다. 별다른 고명 없이 깔끔한 자태다. 소금과 후추를 치거나 소스에 찍어먹으라는 인솔자의 안내가 끝나기도 전에 숭어 눈동자와 마주쳤다. '좀 전에 눈도장 찍은 바로 그 녀석일까?' 죽어서도 새까맣게 뜬 눈, 제발 눈 좀 감으라고 사정해도 감아줄 것 같지가 않다. 내 허기가 허둥지둥 도망친다.

기억 서랍을 닫고 다시 금오지 산책로를 걷는다. 나뭇잎이 일으키는 바람소리를 들으며 바람에도 색깔이 있을까 생각해 본다. 하늘은 제가 하늘인 줄을 알고 물은 제가 물인 줄 알까. 물바람 속에서 하늘과 물을 번갈아 보며 생각에 빠진다. 내 생각이란 쓸데없기 마련이다. 아무리 많이 해도 결론을 짓지 못하는 습성을 가지고 있다. 잔잔한 수면 위의 물별이 플리트비체공원의 숭어 떼처럼 와글거린다.

백세공원을 오르며

산을 오른다. 내 종아리는 무거운데 더디게 온 봄이 속도를 내고 있다. 개나리의 노란 입술에서 봄볕이 쏟아지는가 싶더니 어느새 아카시아 향기가 코를 찌른다. 성급하게 핀 녀석들은 팝콘처럼 널브려져 길바닥을 덮었다. 무슨 숙명을 타고 났을까. 꼬투리째 밟혀 짓이겨지면서도 기꺼이 제 몸에 지닌 단내를 마지막 한 방울까지 내놓는다. 그 숙연함에 헝클어졌던 생각이 정리가 되는 듯 마음이 맑아진다. 한결 산뜻해진 기분으로 굼뜬 발걸음을 재촉한다.

인생길이 그러하듯이 산이라는 땅덩이는 오르막 내리막이 적당히 반복된다. 그다지 높지도 낮지도 않은 태복산이 지척에 있음은 행운이다. 왕복 두어 시간이면 충분하기에 별다른 부담도 없다. 솔직히 아무 연고 없는 도시에서 이 산마저 없었다면 어쩔 뻔 했나 싶다. 어린 시절에 오르내린 동네 뒷산처럼 놀이터나 다름없는 역할을 해주니 고맙기만 하다. 건강을 위해 걷기가 대세라지만 도심에서 마음 놓고 걸을 수 있는 길은 그리 흔치가 않으니 말이다.

헉헉거리며 오르다 보면 204봉이 있고, 태복산 정상을 지나면 백세공원이다. 날마다 오르는 산행의 터닝포인터가 되는 지점이다. 100세까지 건강하게 살자는 취지에서 이름 붙여졌다는, 70대 노인들이 정성들여 만들었다는 허름한 팻말이 눈길을 끈다. 정교하게 쌓아올린 네 개의 돌탑이 일주문처럼 입구를 지킨다. 탑을 쌓아 올린 이의 숨은 공로에 대한 보답이랄까, 헐떡이던 숨을 고르며 의식적으로 합장을 하고 지나간다. 돌탑은 사람의 소망으로 자라는지 조금씩 키를 세우는 것만 같다. 양 옆으로 무성히 자란 개나리가 도열하듯이 반긴다.

백세공원에 들어서면 사방이 탁 트인 넓고 정갈한 마당이 기다린다. 멀리 대구타워가 한눈에 들어오고 산꼭대기까지 어떻게 옮겨왔는지 벤치와 평상이 마련돼 있어서 반가움과 놀라움을 동시에 느낀다. 몇 개의 훌라후프와 손수 장만한 운동기구도 있다. 폐타이어를 활용한 것도 있고 널빤지를 덧대어 윗몸일으키기도 할 수 있게 만들어 놓았다. 소박하지만 제법 견고해 보인다. 그뿐만 아니라 비스듬한 산자락엔 온통 꽃들이다. 봄이면 개나리, 진달래로 시작하여 장미와 기생초가 여름을 지키다가 제 몫을 하고 떠나가면 코스모스와 국화꽃이 늦가을까지 심심치 않게 피어준다. 꽃에 대해 특별한 감흥을 모르는 사람일지라도 감응하게 돼있다. 게다가 비라도 내린 다음 날은 질척거리는 길 위에 나뭇잎을 끌어다 덮어놓기도 하고 흙을 깔아놓기도 한다. 누군가의 숨은 노고와 따스한 배려에서 산만큼이나 넉넉한 정이 읽힌다. 나는 그저 조용히 이용하는 것만이 내가 할 수 있는 보답의 전부여서 내심 미안해진다.

세상이 곽곽하다고, 삭막해졌다고 여기저기서 하소연이다. 경제는 어디서 잠자고 있기에 어제도 그제도 아니 십 년, 이십 년 전에도 늘 부족하고 어렵기만 한 것일까. 느닷없이 찾아온 '안전 불감증'이란 말은 우리를 또 얼마나 불안하게 만드는가. 하지만 진흙에서 연꽃이 피어나듯이 어려움 속에서도 보이지 않는 마음의 꽃들이 핀다. 백세공원에 가면 계절 상관없이 사람 냄새가 진동하는 사랑의 꽃을 볼 수 있다. 우거진 숲의 욱은 길을 여자 혼자 걷는다는 것은 결코 쉬운 게 아니다. 가뜩이나 겁이 많은 터라 날짐승이나 뱀이라도 나올까봐 벌벌 떨던 나였다. 그런데 18년 동안 꾸준히 태복산을 오르내리면서 간이 커졌다. 산을 찾는 건 자연의 덕분이기도 하겠지만 백세공원을 가꿔주는 보이지 않는 손결이 한몫을 했을 것이다.

먼 뻐꾸기 울음이 한가롭다. 뒤를 따르던 그림자가 어느새 옆으로 와서 보폭을 맞춘다.

깻잎을 세다가

벌초 다녀온 남편이 풋고추며 깻잎을 가져왔다. 일전에 효목동 사는 지인이 주신 깻잎과 한데 섞어서 홀홀 씻었다. 새들새들하던 것이 물을 만나자 순식간에 푸슬푸슬 살아났다. 여차하면 밭으로 도로 갈 기세다. 숨죽었던 것이 살아나니까 부피 또한 대단하게 불어났다. 안 그래도 채소 값이 비싼 요즘이라 깻잎김치라도 담그자 생각했다.

싱크대에 서서 푸른 잎을 간추리고 있으려니 의외로 많은 시간을 잡아먹는 귀찮은 일거리가 되었다. 한 장 한 장 오른손으로 물기를 탈탈 털어서 왼손바닥에다 올려놓는 단순작업이 슬슬 꾀가 났다. 그 틈을 타고 이게 '지폐를 세는 거라면 얼마나 즐거우랴', 엉뚱한 생각이 고개를 치켜드는 게 아닌가. 한 소쿠리의 넓적한 깻잎이 정말로 지폐였다면 간추리는 동작도 빨라졌을 테고 세는 맛은 또 얼마나 달콤하겠는가.

애들이 집에 있을 땐 지갑에 구멍이 난 것 같았다. 특히 아들이 대학

다니던 시기에는 아침마다 시퍼런 것 한 닢만 달라고 두꺼비 손을 내밀 곤 했다. 버스 값, 점심 값인 것을 알면서도 '아껴 써' 소리를 후렴처럼 뱉었다. 돌아보면 참으로 잠깐인 것을 왜 그렇게 깍쟁이처럼 굴었을까 싶은 미안함도 있다. 하지만 객지에서 제 밥벌이를 하는 지금도 제일 많이 하는 말이 아껴 쓰란 소리다. '버는 자랑하지 말고 쓰는 자랑하 라'는 말을 즐겨 사용한다. 그런 말을 하면 아들은 엄마가 옛날사람 같 다고 싫어한다.

파장머리의 장사꾼처럼 손가락에 마른침 묻혀가며 설렘으로 돈뭉치 를 세어본 기억이 없다. 그러니 돈이란 건 늘 부족한 존재다. 월급이 통 장으로 직행하고 카드로 결제하는 요즘은 돈의 냄새조차 맡기가 어려 워졌다. 결혼 초에 받던 월급봉투는 얇아서 셀 것도 없었다. 하지만 그 래도 남편이 가져다 주는 누런 봉투를 받던 날이면 세고 또 세고 해도 지겹지가 않았다. 그때 세던 만 원권의 위세가 정말 대단했는데 그도 세월 앞에선 장사가 못 되는 것 같다.

이제 그만 허상에서 빠져나와 남은 깻잎이나 마저 간추려야겠다.

태복 산정에서

오늘도 태복산 백세공원이다.

몇몇 할아버지들께서 안마당처럼 가꾸시는 덕분에 언제나 쾌적해서 좋다. 출석 도장 찍듯이 작은 사각기둥의 방위표지석 위에 올라선다. 행정구역상 대구와 경북의 경계를 이루는 지점에서 사방을 둘러본다. 내가 세상의 중심이 되는 순간이다. 정치권은 연일 어지럽고 경제는 어렵고 날씨는 춥고 2016년은 저물고…. 팍팍한 삶의 이랑들은 저만치 던져놓고 티 없이 해맑아진다. 탕, 탕, 간간이 대구사격장에서 올라오는 총소리가 산정의 고요를 깨뜨린다. 가까이는 함지산과 대구타워가 보이고 팔공산의 비로봉과 금오산 자락은 먼발치서 아른거린다.

지난가을 이곳에 정자 하나가 생겼다. 아직 이름은 붙어있지 않다. 나는 마음으로 이미 '백세정百歲亭'이라고 호명한다. '내가 그의 이름을 불러주었을 때 그는 나에게로 와서 꽃이 되었다.' 라는 시처럼 내가

'백세정' 하고 불러주어야만 진정한 정자가 될 것 같기 때문이다. 팔각형의 기와지붕을 마무리한 꼭짓점이 삼단으로 틀어 올린 상투처럼 앙증맞다. 마룻대 사이사이를 걸쳐 지른 통나무 서까래는 기품이 서려 있다. 백세공원의 새로운 쉼터가 된 이곳은 대개 인근의 북구 주민들이 주인처럼 손님처럼 다녀간다. 가끔은 칠곡군 지천면 쪽에서 올라오는 이들을 만나기도 한다.

때마침 신동재 터널을 들고나는 KTX 열차 두 대가 조심조심 비껴가고 있다. 보기 드문 이색적인 풍경에 기차가 완전히 사라질 때까지 시선 고정이다. 산은 산끼리, 구름은 구름끼리, 나무는 나무끼리, 서로의 어깨를 맞댄 듯이 다정하다. 낙엽은 낙엽끼리, 돌멩이는 돌멩이끼리, 가만히 들여다보면 눈에 잡히는 모든 것들은 끼리끼리 어울려 있다. 본디 뭉침의 힘이란 것이 저런 모습일는지 모르겠다. 시린 가슴을 나란히 포개어 춥고 긴 겨울을 함께 견디는 중이리라. 누구의 몸이 더 큰가, 잘났는가, 따위는 전혀 중요하지 않다. 편을 가르지도 힘자랑을 하지도 않는 다소곳이 기댄 정겨움이 따뜻하고 평화롭게 보인다.

비행기구름이 느리게 퍼져가는 늦은 오후다. 남편과 호젓이 정자의 난간에 걸터앉으니 신선이 따로 없다. 시詩라도 한 수 읊어야 자릿값이 될 것 같다. 빈집을 지키는 것은 기둥에 걸린 빗자루 하나, 그도 무료함을 달래는 중일까? 산바람의 장난에 기꺼이 장단 맞춰주면서 슬몃슬몃 엉덩이를 흔든다. 문득 마룻바닥에 눈길이 머문다. 누가 청소를 했는지 티끌 하나 없다. 숨은 이의 자발적인 주인의식이 새삼 감사하다. 겸연쩍은 내 마음을 쓸듯이 비질을 해본다. 정유년 닭띠 해의 해맞이를 여기서 해도 좋을성 싶다. 새벽을 깨우는 수탉의 우렁찬 기상처럼 모든 사람의 가슴에 뜨거운 새 희망이 가득가득 채워지기를 염원하면서 조용한 파이팅을 외쳐보리라.

편지

새벽부터 내리던 는개가 결국 굵은 빗방울로 바뀌었다. 아파트의 동과 동 사이 회색빛 경계가 더 희미해지고 있다. 이런 날이면 잠재된 게으름이 슬그머니 내 어깨를 두드린다. 나는 못 이긴 척 슬쩍 넘어가 준다. 식탁에 널브러진 아침 설거지는 그대로 미뤄둔 채 컴퓨터 로그인을 한다. 올 것도 기다리는 것도 없으면서 으레 메일박스부터 살핀다. 언젠가부터 손에 익은 무의식적인 습관인 게다. 행여 옛 친구의 소식이라도 있나 싶은 혹시나 했던 기대는 역시나의 실망으로 끝나면서도 늘 반복한다. 받은 편지함을 채우고 있는 건 영양가 하나 없는 광고들 뿐이다.

과연 스팸메일은 어떻게 오는 것일까? 무지개를 타고 오는가. 호기심을 타고 오는가. 일방적인 친절이 짜증나고 불쾌하다. 지우고 돌아서면 또 쌓이는 것이 필력을 쏟아내는 화수분이라면 얼마나 좋으랴. 이제 웬만큼 내성이 길러졌다 싶지만 자칫 잘못 클릭을 했다가는 뒤통수가 따갑도록 식겁하고 닫는 경우도 있다. 얼마나 지능적인지 제목 줄에다 아예 이름을 당당히 밝힌 메일은 궁금증을 유발시킨다. 그러니 속아 넘어갈 수밖에 도리가 없다. 아니면 말고 식의 낯 뜨겁고 해괴망측한 미끼들이 주인의 필요 따위는 상관 않고 편지함을 채우니 속수무책이다.

편지는 내면의 고백 글이다. 말로 전하기 쑥스러운 마음을 읽는다는 것은 깊이 간직한 비밀을 공유하는 기분과 같다. 그래서 전화보다 더 애틋한 것인지 모른다. 멀리 떨어진 가족에게 혹은 친구에게 소식을 알리거나 용무를 적어 보내던 편지가 'E mail' 이라는 전자우편으로 이름을 달리한 지 오래다. '시간은 금이다' 라는 속담을 환기시켜주듯 '빠름' 을 으뜸으로 내세워 기능을 자랑한다. 그러나 묻지도 따지지도 않고 신속하게 날아오는 편리가 오히려 불쾌할 지경이다. 아예 무시하고 상대를 말자 해도 은근히 신경 쓰인다. 오는 족족 지워버려야 시원한 성미인 것을 어쩌겠는가. 문화현상의 하나려니 치부하다가도 성가심 정도가 심하여 짜증이 유발되기도 한다.

소싯적에 나는 편지쓰기를 좋아했다. 같은 쓰기인데도 일기쓰기는 재미가 없는데 편지쓰기는 흥미로웠다. 아마도 일기는 과제의 하나여서 내 관심을 사지 못한 것 같다. 친구들과 쪽지편지를 나누느라 공부는 뒷전으로 미뤄둔 채 밤새 쓰고 지우기를 반복했다. 문풍지가 흔들리면 내 마음도 흔들리고 등잔불이 깜빡이면 내 눈꺼풀도 깜빡거렸다. 그렇게 어렵사리 완성해놓고도 아침에 다시 읽어보면 내용이 유치찬란하거나 들쭉날쭉한 필체가 마음에 차지 않아서 내 자신한테 실망하곤 했다. 뭉텅뭉텅 애먼 노트만 뜯겨져나갔고 쓰레기통은 수시로 배가 불러

왔다. 연애편지 그 이상으로 공을 들이고 마음을 담으려 갖은 애를 썼다. 아마도 우정이란 것을 배워가는 과정이었겠고 조금이라도 더 친하게 지내고픈 소망이었을 게다. 그런 정성과 노력으로 공부를 했더라면 지금쯤 내 인생의 모양이나 빛깔이 상당히 달라져 있을는지 누가 알겠는가.

지금 생각해 보면 나는 몸집도 작았지만 정신적 성장도 늦되었던 것 같다. 또래들 중에서 약간 조숙한 친구들은 남학생들하고 편지를 주고받았다. 그 애들은 사춘기가 한 걸음 일찍 찾아온 죄밖에 없었을 테지만 선생님께 들키는 날엔 꼼짝없이 교무실로 불려가거나 반성문을 쓰느라 곤혹을 치러야 했다. 까르륵거리는 친구들의 비웃음도 피할 수 없었다. 그런데도 반성문을 쓰는 아이들은 창피하기는커녕 즐거운 표정을 감추지 않았다. 나는 내심으로는 그들이 부러우면서도 들킬까 염려가 되어 주는 편지도 받지 못한 겁쟁이였다. 그만큼 숙맥이었던 거다.

내 편지 쓰기의 발원지는 할머니다. 한글을 완벽하게 깨치지도 못한 내게 할머니는 먼 곳으로 시집간 고모들의 안부가 궁금하면 손녀를 시켜서 편지를 받아쓰게 했다. 풍년초 담배를 꾹꾹 눌러 담은 장죽으로 화롯불을 톡톡 쳐가면서 한 말씀 한 말씀 불러주셨다. 그러면 나는 연필 쥔 손목에 힘을 모아 또박또박 글자로 옮겨 적었다. 주로 할머니가 아프다는 거짓 내용이었다. 그래야만 고모의 시댁에서 친정으로 보내주기 때문이라는 것을 알았으므로 기꺼이 거짓 편지에 장단을 맞췄다. 없는 병을 지어내고 그에 알맞은 증상을 꾸며내는 건 순전히 내 몫이었다. 그러면 고모들은 어설픈 내 창작 실력의 이면까지 용케도 읽어내고 집으로 왔다. 가끔 수상히 여긴 고모부가 다음 버스로 뒤따라오기도 했는데 부랴부랴 아랫목에 이불을 깔고 할머니가 드러누워 환자 시늉을 하던 풍경이 어제 일 같다.

일찍부터 편지쓰기의 훈련이 잘된 덕분이었을까? 신혼시절에는 동네 할머니들의 편지를 읽어드리기도 하고 대필도 해드렸다. 내가 쓴 편지가 전방의 어느 군부대로 가기도 했다. 심지어는 주인집 할머니의 아드님한테 쓴 편지가 사우디아라비아까지 날아간 적도 있었다. 한 번도 가본 적 없는 사막의 모래무지를 상상하며 쓴 편지의 내용은 기억에 없다. 그뿐만 아니라 라디오에 신청곡을 넣거나 사연을 적어 보내서 상품을 받는 일도 많았다. 디제이의 멋진 목소리로 내 편지가 읽히면 좋으면서도 괜히 얼굴이 화끈거렸다. 여러 방송사에서 받은 선물이 소소했지만 기분만큼은 돈으로 환산할 수 없는 즐거움이었다.

전자 메일이 빠름을 강조한다면 '손편지'는 느림의 미학, 기다림을 배우게 한다. 이런 편지 저런 편지 많이도 썼다. 내 편지쓰기의 전성기는 스무 살에 들어섰을 무렵이다. 볼펜 대신 만년필로, 공책 대신 편지지로, 한 단계 업그레이드가 되었다. 알록달록 예쁜 꽃그림의 편지지가 향기까지 뿜어내는 진화를 거쳤다. 각양각색의 아름다운 종이들 속에서 갈등하며 고르는 일조차 설렘이었다. 문방구와 우체국을 번갈아 드나들면서 내 감성의 넓이를 확장하지 않았나 싶다. 상대방에게 절절한 마음이 고스란히 전달되기를 바라는 글쓰기는 언제나 어려웠지만 또 그만큼 가슴이 부풀었다. 그 중 특별히 심혈을 기울인 편지가 있었다.

고향 가는 길에 버스 터미널에서 한 아이를 만났다. 중학교 같은 반이었을 때 도다리처럼 곁눈질로 짝사랑한 아이와 극적인 해후를 한 것이다. 교실에서 짧은 눈빛을 교환하던 우리는 해묵은 안부를 긴 편지로 교환했다. 시쳇말로 운명의 장난이랄까, 짜인 각본처럼 까까머리 때부터 그 친구도 나와 같은 마음이었음을 알아버렸다. 짝사랑이 첫사랑으로 불리는 데는 서로 이견이 없었다. 피차간에 수줍어서 표현을 못 했고, 선생님께 들킬까 봐 용기를 못 냈던 거였다. 그 사실을 아는 순간 오래도록 끊어져 있던 필라멘트가 연결되어 불이 켜지는 기분이었다. 하지만 미래가 불확실했던 우리에게 확실한 건 가난뿐이었고 앞날에 대한 희망이 캄캄한 터널 같았다. 그런 불안감은 애틋한 마음마저도 모질게 앗아갔다.

그 아이와 헤어지고 한동안 조용필의 노랫말이 내 사연인 양 젖어서 청승을 떨며 지냈다. 유행가로 이별의 상심을 달랠 때 친구가 자기 고향의 남학생을 소개해주었다. 그리하여 편지쓰기가 다시 시작되었다. 나는 특별한 이유도 없이 그냥 첫 편지를 백지로 보냈다. 사실 쓸 말도 없었지만 소개해준 친구에 대한 성의 표시였고 반은 장난이었다. 수년 동안 쓴 편지들이 가교였을까? 그때의 수신자가 지금의 남편이다. 양을 헤아릴 수 없는 갖가지 편지쓰기의 종지부를 찍은 셈이다. 30년 넘게 탈 없이 잘 살고 있으니 편지라는 기능에 대해 고마워해야 할는지. 스팸 메일을 지우며 때마침 낡은 스피커에서 흘러나오는 노래 속으로 빨려 들어간다. '하얀 종이 위에 곱게 써 내려간…' 입속말로 따라 부른다.

오래된 식탁

찬비 내리는 새벽이다. 아파트 입구의 빨간 베고니아가 온몸으로 비를 맞겠다. 이삿날 날이 맑아 천만다행이었잖은가. 지난여름, 헌 아파트를 비워주고 나올 때 정든 집이 발목을 잡는지 갑자기 폭우가 쏟아져서 하루를 더 묵을 수밖에 없었다. 가만히 헤아려보니 결혼하고 열 번째 이사다. 포장이사라지만 주인 손이 절대적일 수밖에 없다. 아직 풀지 못한 박스들이 곳곳에 쌓였으나 잔 정리는 한숨 돌리고 하려 한다. 무엇보다 이번 이사의 가장 큰 변화는 내 작업실이 생긴 것이다. '드레스 룸'이라는 공간을 작업실로 꾸몄다. 안방 모서리에 컴퓨터 하나 달랑 놓고 글을 쓰다가 독방이 생겼으니 나로선 무척 반가운 일이다. 필력까지 상응해주면 얼마나 좋으랴.

삶이란 게 본디 그런 것일까? 변수라는 것이 생활 반경 안에 도사리고 있는 것인지, 북구에서 동구 구민으로 입성하는 과정에 곡절이 많았다. 20년 넘은 헌 집을 팔고 새집으로 갈아타려는 생각에 신규아파트 분양을 받았었다. 사정상 바로 입주하지 못하고 3년 동안 전세를 놓았다. 그러다가 살던 집이 팔려 비켜줘야 하는데 이번엔 세입자가 발목을 잡았다. 결국 이사 비용을 부담하는 조건으로 타협을 봤고 구미에 사는 지인의 빌라에서 두 달을 지내는 불편을 감내했다. 묵은 살림을 꺼내놓으니까 자질구레한 게 어찌나 많은지, 중고시장 비슷한 형국이었다. 사들이기 좋아하는 내게 훈계하는 남편의 잔소리를 귓등으로 흘린 탓이다. 처리비용 들여가며 정든 것을 버리면서 많은 반성을 했다. 소모품인 사물 욕심은 버리고 글 욕심만 키우자고.

부엌 짐을 풀며 깨진 그릇 하나 나오지 않아서 안심했다. 사실 짐을 뺄 때 이삿짐센터에서 나온 아주머니가 10킬로그램이나 되는 매실엑기스 유리병을 깼었다. 아깝고 속상했으나 다친 데 없느냐는 말이 먼저 나왔다. 아줌마는 변명과 해명 사이의 애매한 말들을 늘어놓았지만 하나도 귀에 들어오진 않았다. 경우에 따라서 주장이 강한 편인데 대체로 좋은 게 좋다는 방식으로 산다. 밥상머리 교육이랄까? 손해 보고 사는 게 남는 거라는 할머니 밑에서 자란 영향이 크다. 어릴 때는 이해되지 않았지만 살아가면서 할머니의 인생철학이 내 삶 깊이 배어있음을 실감한다. 딸애한테 사정을 말했더니 이삿짐센터에 전화해서 보상을 요구하랬다. 하지만 차마 그러지 못했다. 그 아줌마한테 피해가 미칠 게 뻔해서.

아뿔싸! 이번에는 신발박스가 없다. 짐을 다 들였는데 보이지 않는다. 왕복 이사였기에 지난번 조를 이룬 분들이 오서서 컨테이너 짐을 올리고 풀었었다. 전화로 확인해보니 현관에 놓았다는데 현관이고 신발장이고 흔적조차 없다. 포장이사라는 게 짐을 싸는 것은 물론 풀고 정리하는 것까지 책임을 진다고 들었다. 따지고 들면 보상 받을 수 있는 문제다. 허나 이번에도 옮긴 분들께 불이익이 갈 것을 염려하여 사무실에 알리지도 않았다. 고생하셨다며 자장면이라도 사드시라고 5만원 팁까지 얹어드렸지 않은가. 그래놓고선 싫은 소리하며 언성 높이기 뭣해서 웃고 말았다. 참말로 귀신이 곡할 노릇이다. 새집에서 새 신 사서 신고 새롭게 출발하라는 뜻인지 모르겠다고 했더니 딸애가 "보살 나셨네." 한다. 무한 긍정의 DNA는 누구로부터 물려받은 것인지 내가 생각해도 한심하다.

하루아침에 내쳐진 가재도구들은 어디서 얼마나 서운해 할까? 20년 이상 손때 묻고 정든 것을 대부분 버리고 새것으로 바꾸었다. 색깔이 좀 퇴색했을 뿐 정하게 써서 장롱 문짝하나 덜컹거리는 것 없는데도 미련 없이 버렸다. 군이 핑계를 대자면 구식이란 것, 새집에 안 어울린다는 것이 이유다. 유일하게 퇴출당하지 않은 것이 식탁이다. 내 작업실 책상으로 쓸모가 변경되면서 간신히 살아남았다. 6인용 식탁은 컴퓨터 모니터와 본체, 프린트기까지 올려놓고서야 비로소 불안한 가슴을 쓸어내렸으리라. 앞으로 여기다가 무엇을 차릴지 벌써 의욕이 넘친다. 피붙이처럼 서러운 것, 강퍅해서 외로운 것, 아파도 버리지 못하고 끼고 있는 것, 조심스럽고 부끄러운 것, 무심결에 잘못한 것, 중얼중얼 눈물로 밥을 지어 고봉으로 담아 올려야겠다. 소화력이 좋은 누군가가 따뜻이 잘 먹어주었으면 좋겠다.

"엄마 밥". 오래된 식탁 너머에서 네 식구가 복닥거리던 시간이 건너온다. 돌아보면 잠깐인데 먼 옛날처럼 아득하다. "밥 안 먹나" 소리의 진원지는 남편이다. 벌써 때가 됐나보다. 창틀에 오종종 앉은 빗방울을 내다보며 손을 뻗어본다. 비가 그쳤다. '소방차전용'이라 적힌 노란 고딕체 글자가 비에 젖어 더욱 선명하다. 환영한다는 듯 마침 까치 한 마리 날아와 소나무에 내려앉는다. 휘돌아가는 금호강 물줄기를 따라 자욱한 운무가 한 폭의 담채화 같다. 이제 이곳에서 이런 풍경을 자주 만나겠지? 20년 넘게 오르내린 태복산의 백세공원은 서서히 잊히리라. 미지의 그림에 대한 기대감이 잊힌다는 아쉬움을 지운다.

7박 9일

    부모가 생각하는 자식의 직업군 중에서 가장 만족스러운 것은 무엇일까? 사랑이라는 고루한 변명 아래 고생은 적게 하고 보수는 많이 받는, 약간 이기적인 그런 직종을 원하는 것이 보편적 마음일 게다. 물론 세상에 그런 직업이 있을까만. 내가 찾아 헤매는 행복이란 게 어떤 형태고 어떤 질감인지 난 아직 그 실체를 모른다. 다만 현실 너머에서 손짓하는 허황된 꿈들에 의해 반응할 따름이다. 그러나 내 자식들만은 꿈을 뛰어넘어 좀 더 구체적이고 안락한 삶이기를 원한다.

    어렵다는 관세사 시험을 통과한 아이에게 공무원 시험을 쳐보라고 권했다. 청유형의 권유가 아니라 반 강요형의 설득이란 표현이 맞을 게다. 정년이 보장 되느니 어쩌느니 둘러대며 달콤한 유혹으로 부추겼다. 순전히 어미 관점에서 말이다. 부모 말이라면 곧이곧대로 믿는 것이 아이의 함정일지도 모른다. 또래들은 연애도 잘하고 벌써 결혼해서 엄마가 된 친구들도 있다. 그런데 우리 애는 뭐가 부족한지 남자친구 하나 없이 서른이 넘도록 손에서 책을 놓고 산 시간이 거의 없다. 휴식만한 선물이 없다고 생각했다. 일단 머리를 식혀주고 싶었다. 몇 년 동안 푼 푼이 모은 내 상금을 털어 여름에 예약을 해둔 상태였다. 시험이 끝나 자마자 비행기를 탔다. 결과와 복잡한 집안일은 잠시 잊기로 했다.

나설 때는 분명히 내가 보호자였다. 적어도 나는 그리 생각했다. 하지 만 인천공항에 내리는 순간 내 착각이었음이 드러났다. 손목을 붙잡고 아장아장 걷던 어린 딸이 아니란 것은 이미 알고 있었지만 보호자와 피 보호자의 위치가 뒤바뀐 형국 앞에서 훌쩍 늙어버린 뒷방 노인처럼 느 껴졌다. 서글픈 감정 반에다 언제 저렇게 의젓한 어른이 됐나 싶은 대 견함이 반이었다. 여행사의 패키지 상품이었으나 인솔자 없는 출국이 라 내가 나서서 할 수 있는 게 없었다. 전업주부로만 살아 물정 모르는 제 어미가 못 미더운지 아이는 기회조차 주지 않았다. 무거운 캐리어를 끄는 것은 물론 까다로운 입국 심사와 수속을 밟고 기내로 들어가는 것 까지, 딸애의 능숙한 처리가 낯설면서 기특했다. 가뜩이나 영어가 짧은 나로서는 한 발작 뒤로 물러서서 구경만 할 수밖에 별 도리가 없었다. 사실 평소에도 남편만 믿고 졸졸 따라다녔기에 더 그렇다.

첫애를 낳고 산후통으로 몇 년 고생하다가 두 번의 유산을 거쳐 내 나 이 스물아홉에 얻은 딸이다. 옛말로 치면 팔삭둥이랄까? 뭐가 그리 궁 금했는지 달을 못다 채우고 제왕절개로 세상에 나왔다. 2.3kg의 저체중 이었다. 다행히 모든 기능이 정상이라서 인큐베이터는 면했으나 사람 구실하며 살까, 걱정이 태산이었다. 놀러온 이웃집 꼬마가 우리 갓난쟁이를 보고 3천 원짜리 통닭만 하다고 놀릴 정도였다. 선천적으로 면역이 약한데다 입이 짧아 많이 먹지를 않으니 발육이 더디고 잔병을 달고 살았다. 흔히 팔삭둥이라면 똑똑하지 못한 사람을 조롱하는 말로 불린다. 하지만 세상이 공평하다는 것처럼 허약한 체격과 체질에 비해 두뇌가 남달리 영특해서 그나마 한시름 덜게 했다. 초등학교에 들어가자 두각을 보이기 시작하더니 학년 전체에서 1등의 성적을 올리기도 하여 기쁨과 안심을 동시에 안겨주었다.

뉴욕까지 날아가는데 열세 시간이 걸렸다. 그것도 대기의 도움을 받아서 한 시간 빨리 도착한 것이란다. 바람의 저항을 받으면 연착될 수도 있다는 현지 가이드의 설명이다. 딸을 낳으면 비행기 탄다는 옛말을 입증하듯이 원 없이 탔다. 뉴욕에 내려 가장 먼저 간 곳은 '자유의 여신상'이 있는 허드슨 강이다. 미국의 계절은 늦가을에서 초겨울로 접어든 참이라 물바람이 차가웠다. 페리를 타고 섬을 한 바퀴 돌고는 브로드웨이 거리에 우리 일행을 풀어놓았다. 번득이는 영문 광고판들 틈에 삼성과 LG가 있는 것을 보니 왠지 반가웠다. 휘황찬란한 불빛 아래 다양한 인종과 다양한 연령대의 사람들이 붐비는 무질서 속에 질서가 공존하고 있었다. 이국적 정취가 싫지는 않았으나 목가적인 분위기를 선호하는 나로선 정신이 하나도 없었다. 딸애는 숨은 리듬에 환호하며 좋다는 말을 연발했다.

전국에서 모인 서른 명이 단체가 되어 움직였다. 몇몇은 얼굴들이 익어갔다. 실마리 하나만 풀려도 순식간에 전체가 풀리는 뜨개질 옷처럼 한번 말꼬를 트니까 마치 오래 전부터 알고 지낸 사람인 듯 친밀감이 생겼다. 인연이라는 타래에 연결되어 생면부지의 사람들과 일정 기간 동안 시공간을 공유한 것이다. 휴식이 필요한 딸애를 위해 만든 시간이라고 애써 핑계를 대면서도 점점 나를 위한 시간이 되고 있었다. 서울 잠실에 사신다는 노부부, 군산에서 오셨다는 60대 부부, 부산에서 왔다는 젊은 3동서, 영천에서 오셨다는 아버지와 아들…, 빠듯한 일정을 소화하면서도 파트너들끼리 정겨워하는 모습을 보면 내 마음이 훈훈해졌다.

모든 만남은 이별을 전제하는지 모른다. 7박 9일의 미동부와 캐나다 관광이 끝났다. 공항에서 일행들과 작별인사를 나누는데 딸아이가 별안간 노부인의 손을 잡고 너무 아쉬워하는 게 아닌가. 돌발행동에 나는 물론이고 주위 사람들까지 놀라는 눈치였다. 상황에 따라 맵찰 만큼 단호한 성격인 나도 가끔 감정이 넘치는 경향이 있다. 정에 굶주린 제 어미 감성을 꼭 빼닮았는지, 가슴이 뜨끔거렸다. 스무 살부터 부모 품을 떠나 혼자 객지생활하며 공부하느라 많이 힘들고 외로웠던 모양이다. 외할머니 정을 모르고 자라서 살갑게 대해준 그분이 외할머니처럼 느껴졌을지도 모르겠다. 결국 그분이 전화번호를 주셨다. 당차다고만 생각했는데 내 속으로 낳은 아이를 내가 다 모르고 있었구나, 미안함과 자괴감마저 들었다.

세상에는 예고 없는 만남과 이름 없는 이별이 얼마나 많을까? 꼭 그래야 할 마땅한 이유도 없이 그리움의 찌꺼기를 남기는 경우가 있다. 거침없이 떨어지던 폭포수처럼 발원지를 모를 뿐이지 우린 모두 이미 오래전의 어떤 시간에서부터 생성된 인연들이 아닌가 싶다. 나이아가라 폭포를 관통하며 부서지던 기포처럼 스쳐가는 찰나의 모든 만남이 소중하다는 의미로 귀결된다. 물이 일으키는 바람소리를 들으며 바람이 일으키는 물을 맞으며 호기심과 설렘으로 충만했던 시간이다.

텔레비전에서 폭포수를 보면 누가 엎지른 물인지 그 위의 세계가 궁금했었다. 헬기를 타고 한 바퀴 돈 것은 오랜 궁금증을 해소한 기회가 되었다. 나이아가라 폭포에서 "나이야 가라" 하고 외치는 딸아이를 보며 그 나이가 부럽기만 하다는 말을 속으로 삼켰다. 딸을 핑계 삼아 나섰지만 결과적으로 나를 위한 시간이 됐다. 어린 자식의 보호를 받으며 호강을 했으니. 폭포가 만든 무지개를 잡겠다고 주먹손을 날리던 딸애의 모습은 딱 일곱 살짜리였는데 부인할 수 없는 성인이었다.

소리 없이 일어서는

|

살다보면 예기치 않게 찾아오는 질병들이 있다. 내 몸에서 눈곱만한 것이라도 뭔가를 감지했다는 것은 위험을 알리는 신호다. 그 자각을 놓치지 말아야 내일을 보장받을 수 있고 일상을 유지할 수 있는 건 당연한 이치다. 건널목을 건널 때 아스라이 들리는 신호음 같은 덜컥거림을 내 몸이 먼저 알고 알려주니 얼마나 고마운가.

브

2마

지
앞
끄
다

브래지어를 풀다

"소식 들었어? 00씨가 유방암 절제수술을 했다는데….'

"어머, 어쩌다가. 난 금시초문이야."

"그래도 다행히 수술이 잘 됐다나 봐."

전화선을 타고 건너오는 친구의 뒷말에 바짝 긴장한 마음을 푼다. 항암치료 받느라 머리카락이 다 빠져서 까까머리가 되었단다. 그 모습을 자신의 SNS에다 올렸고, 동문들 사이로 한 입 두 입 퍼져나간 모양이다. 본인은 무슨 마음에서 공개를 했는지 몰라도 사진을 바라본 이들은 마음이 아프다 못해 선뜻 이해하기가 쉽지 않다는 것이다. 심각하지 않으니까 그랬겠지, 내 나름대로 긍정의 해석을 덧붙이며 긴 통화를 끝냈다. '나 괜찮아' 자기 암시거나 자기 격려 같은 거 아니었을까? 머리를 민 그 심정은 오죽했겠나 생각하니 너무 짠하다.

여성의 상징인 가슴 한 쪽을 도려냈다는 비보는 같은 여자로서 충격일 수밖에 없다. 믿어지지 않는 나쁜 소식에 '무소식이 희소식' 이란 말을 붙잡고 괜한 꼬투리를 잡는다. 언젠가부터 자연스레 소원해졌지만 그녀와는 만학시절 한때 베스트프렌드라고 불릴 정도로 아주 친하게 어울렸었다. 그만큼 더 놀랍고 안타까운 것이리라. 수화기를 놓은 손이 별안간 내 가슴으로 간다. 오랫동안 무심코 지낸 그곳의 안부가 궁금해서다. 염려 따위는 끼어들 수 없도록 점자를 읽어가듯이 가만가만 어루만져본다.

몸이 열린다는 것은 얼마나 거룩한가. 나는 두 녀석을 모두 조산했다. 예정일이 한참 남았는데 양수가 다 빠져버렸고 그럼에도 몸이 열리지 않아서 제왕절개로 낳았다. 그 바람에 초유만 겨우 몇 방울 먹이고 참젖을 생억지로 뗐다. 병원생활을 하는 일주일 동안 항생제며 진통제 등의 주사를 맞고 약을 먹어야했기 때문에 그 상황에서 모유 수유를 고집한다는 것은 불가능한 일이었다. 사실 그럴만한 철도 용기도 부족했다. 그나마 아이들 입맛이 까다롭지 않아서 분유를 잘 먹었고 다행이라 생각했다. 문제는 산모인 나한테서 일어났다. 큰애를 낳고 무사히 퇴원을 했으나 몸조리를 하던 중에 갑자기 열이 끓어올라 40도를 넘나들었다. 무지몽매한 나는 그게 당연한 증상인 줄 알고 참았다. 가뜩이나 엄살 심한 겁쟁이가 필요 없는 인내심을 발휘한 것이다.

이틀 뒤에 병원으로 갔다. 친절히 맞이해도 두려움이 앞서는 곳 아닌가. 그런데 의사는 이 지경이 되도록 뭐하다 이제야 왔냐고, 마치 누이 나무라듯이 다짜고짜 야단부터 쳤다. 유종乳腫이었다. 젖을 삭히는 마이신을 먹고 안심한 사이 제대로 가라앉지 않아서 퉁퉁 부었다가 곪은 상태였다. 계속해서 도는 젖이 배출이 안 되니까 젖몸살이 났고 그게 곪느라 고열이 끓었던 것이다. 압축기로 뽑아내고 마사지를 해줘야 한다는데 제대로 알 리가 없었다. 출산하면 원래 그런 거려니, 무지와 방심으로 화를 키운 격이었다. 부모가 되긴 했어도 남편이나 나나 미성숙한 어른이었던 거다. 벌겋게 곪은 부위를 연세 지긋한 의사 선생님은 마취는커녕 생으로 찢어 피고름을 짜내듯이 훑어내고 심지를 박았다. 찢어진 생살이 아파서 택시를 타고 돌아오는 30여 분 동안 울음이 그쳐지지 않았다.

살다보면 예기치 않게 찾아오는 질병들이 있다. 내 몸에서 눈곱만한 것이라도 뭔가를 감지했다는 것은 위험을 알리는 신호다. 그 자각을 놓치지 말아야 내일을 보장받을 수 있고 일상을 유지할 수 있는 건 당연한 이치다. 건널목을 건널 때 아스라이 들리는 신호음 같은 덜컥거림을 내 몸이 먼저 알고 알려주니 얼마나 고마운가. 자정능력이 충분히 발휘되던 젊은 시절에는 예사로 넘겨도 별다른 탈이 일어나지 않았다. 하지만 이순이 코앞인 지금은 미세한 기별에도 불안이 검은 안개처럼 둥둥 떠다니며 염려증을 유발시킨다. 호미로 막을 것을 가래로 막는다는 속담처럼 일을 크게 키우는 꼴이 될까봐 건강 프로그램 따위에 쫑긋 귀를 세우지 않을 수 없다. 이런 현상이 낯설고 수긍하기 어려우면서도 서서히 익숙해져간다는 사실감이 서글프다.

브래지어 착용이 유방암 발생률을 70%나 높인다는 인터넷 기사를 읽는다. 민감하게 다가온다. 요즘 들어 유난히 유방암 수술했다는 이야기가 자주 들리기 때문일 게다. 여자에게 브래지어는 족쇄처럼 느껴지는 속옷임이 분명하다. 족쇄가 억압이 아니라 안전성을 확보해준다고 믿는다. 와이어와 후크로 단단히 결박해야만 안심하는 경향도 있다. 그러니까 여자에게 브래지어는 단순히 언더웨어란 개념을 넘어 신체보호와 여성미를 동시에 아우르는 의복이다. 아직 브래지어 착용과 유방암 사이의 인과관계에 대해 입증된 논문이 나온 것은 아니라 한다. 하지만 몸을 옥죄는 지나친 타이트함이 유방암 발생률을 높인다는 근거들만으로도 당장 벗어던져야 할 것 같은 필요성이 절박해진다. 원시적인 차림일수록 혈액순환이 원활하여 건강에 도움이 된다는 말은 지극히 설득력 있게 와 닿는다.

이쯤 되면 브래지어를 선정적인 용품으로만 여길 것이 아니라 인간애적인 시각에서 바라볼 일이다. 딜레마랄까? 건강을 위한답시고 과감히 벗어버리자니 구경거리 제공이 될 것 같고 예를 차리자니 소중한 내 건강을 위협받을 것 같다. 어느덧 사랑도 시들해진 나이, 샤워할 때 말고는 좀체 풀 일이 없지만 오늘 실험삼아서 브래지어를 푼다. 잠잘 때조차 꼭꼭 싸여 있던 그것이 해방을 맞는 순간이다. 아뿔싸! 과잉친절이 불편한지 온 말초신경이 가슴께로 모여든다. 압박의 빗장을 풀어주면 자유로워할 줄 알았건만 뜻하지 않은 배려가 당혹스러운가보다. 예민해진 세포들이 방어 태세에 돌입한 듯 오소소 날을 세운다. 예상 못한 반응에 도리어 내가 더 움찔한다.

사람만큼 환경에 쉽게 적응하는 동물도 없지 싶다. 암모니아 독성에 질식할 것 같은 재래식 화장실의 경험이 이를 뒷받침해준다. 코를 틀어막고 들어가지만 금세 익숙해지듯이 요즘은 집에서 아예 노브라 상태

로 지낸다. 허전하고 민망하던 기분은 온데간데없고 풀어진 가슴이 느
슨한 해방감을 즐긴다. 이렇게 편한 걸 진작 풀지 못한 것이 아쉬울 지
경이다. 가끔 외출할 때 어쩔 수 없이 그걸 걸칠라치면 오히려 답답증
을 느낀다. 가는 봉제선 하나에도 살갗이 거부 반응을 일으킨다.

무슨 일이든 걱정할수록 걱정은 더 무서운 무게로 억누르는 법 아닐
까? 건강이라는 대전제 앞에서 가설과 추론에 귓바퀴가 얇아지는 나이
라지만 그렇다고 너무 예민하게 빠져들 이유는 없을 거 같다.

*양밥

현관 신발장 문고리에 걸린 가위가 놀리듯이 내려다본다. 애써 피한다.

수십 년 고수한 가치관을 바꾸는 데는 한순간이었다. 그럴싸한 말솜씨의 유혹에 넘어갔다하면 변명이 될까? 그만큼 답답해서라고 하면 조금 덜 부끄러울까? 연말에 구미 사는 지인 내외분이 찾아오셨다. 연고 없는 도시에서 누군가의 방문은 빈손이어도 반갑기 그지없다. 그런데 내가 좋아하는 생선회까지 사오셨으니 상기된 낯빛을 감추지 못했다. 낮부터 몇 순배의 술잔이 돌았다. 오래 전에 짜놓은 각본인 듯 흥겨운 분위기가 건조한 겨울 피부에 수분크림을 바른 것처럼 촉촉해졌다.

이사 이야기가 나왔다. 새집으로 안 가느냐는 질문에 이 집이 팔려야 가지요, 하면서 속사정을 꺼냈다. 불황 탓도 있겠지만 타이밍을 한번 놓치자 영 기회가 오지 않는다. 그렇다고 헐값에 넘기기엔 너무 아깝다. 고민을 듣던 지인의 아내께서 대뜸 양밥을 쓰라고 일러준다. 호기심 끌기 충분한 말꼬 아닌가. 쌍둥이 낳은 집의 가위를 훔쳐다가 현관에 걸어두면 효험을 본다면서 불을 지핀다. 쌍둥이 낳은 이가 주변에 없다 했더니 바로 자기가 쌍둥이를 낳았지 않느냐며 불쏘시개 하나를 더 보탠다. 까짓것 밑져봐야 본전인데 시도는 해보자고 마음을 굳혔다. 결심을 세우는 것만으로도 우리 모의가 이미 반은 성공한 듯 기분이 지레 앞서간다.

밤새 마음이 흔들렸다. 구미까지 가위 훔치러 가는 게 말처럼 쉬운가 말이다. 궁금증을 푸는 데는 인터넷만한 것이 없는 세상. 나는 현대인답게 검색 창을 열었다. 질문 키워드는 '팔리지 않는 집 쉽게 파는 방법'이다. 원하는 사례의 글이 단박에 눈에 들어온다. 장사가 잘 되는 고깃집 가위를 훔쳐다가 현관에 걸어두란다. 절박하면 뭘들 못하랴. 남편과 행동으로 옮기기 위해 일단 집을 나섰다. 쌍둥이 집이냐 고깃집이냐, 마음이 두 갈래로 나뉘었다. 결론은 식당에서 거사를 치르기로 합의를 봤다. 짜고 치는 고스톱보다는 차라리 낯선 집이 편할 거 같았다. 훔친다는 행위는 분명한 죄지만 발각됐을 때 사정 이야기를 하면 그래도 이해는 해주시리라 싶었다. 정말로 일이 잘 되면 그에 상응하는 대가를 지불하자고 남편과 입을 모았다. 차는 어느 사이 구미 시내를 배회하는 중이다.

한 식당에 들어갔다. 점심시간이 훌쩍 넘어서 그런지 테이블이 거의 비었다. 불륜 커플이라도 되는 양 종업원들 눈길 닿기 어려운 구석 자리를 골라 앉았다. 오늘 내가 원하는 얼굴 두께라 할까? 통삼겹살을 주문했다. 남편이 달궈진 불판에 고기를 얹어 태연스럽게 굽기 시작한다. 유연하고 차분한 손놀림이다. 나는 혹시라도 누가 우리를 주시하나 싶어 가자미눈으로 홀 안을 살핀다. 도톰한 고깃덩이를 한꺼번에 다 올려놓고 굽던 남편이 가위질을 한다. 이윽고 가위가 남편 손에서 벗어났다. 이제 내가 활약할 차례다. 심장박동이 빨라지고 모근이 긴장을 한다. 독수리가 먹이를 낚아채는 속도보다 더 빠르게 기름 묻은 가위를 가방에 넣는다. 찰나의 움찔거림도 없는 잽싼 동작이다. 겨냥한 목표물 입수가 성공적으로 끝났다.

졸지에 손발 잘 맞는 한 쌍의 도둑이 되었다. 고기가 코로 들어가는지 입으로 들어가는지 질긴지 연한지, 아무 생각 없이 꾸역꾸역 씹는다. 남의 살 씹는 느낌을 제대로 경험한다 싶지만 우리는 각자의 몫에 충실할 뿐이다. 행여 주인이 눈치라도 채는 날엔 무슨 망신인가. 최대한 자연스럽게 먹으려고 속도까지 살피는 치밀한 연기를 한다. 양심이 갈기털을 세우고 방망이질을 해대지만 내 역할에 전념하고자 마음을 가다듬는다. 마치 전생에서 많이 써먹은 수법인 듯 미처 내가 몰랐던 능수능란함에 스스로 놀란다. 가위를 훔친 행위는 내 안에 잠재된 또 다른 나를 접견하는 방식이었는지도 모른다.

젊은 나이에 상처喪妻한 아버지는 술집 붙박이로 사셨다. 새사람이 들어오면 새 마음으로 재기할까, 가족들은 기대를 했지만 헛수고였다. 한번 놓은 정신을 다잡지 못하고 방황을 일삼으셨다. 할머니는 집안에 닥친 우환을 몰아내기 위해 살풀이를 자주했다. 큰 굿 작은 굿 가리지 않고 점쟁이 말이라면 무조건적인 복종해 거절을 몰랐다. 그게 자식을 위한 유일한 방책이라 믿으셨다. 그러나 아버지는 그 따위 미신이나 믿는다며 콧방귀를 뀌셨다. 만취한 날은 괜한 헛돈만 날린다고 할머니를 원망하며 포악질을 부렸다. 할머니는 아버지 술부터 끊어놔야겠다며 양밤을 했다. 누룩가루를 아버지 베개 속에다 몰래 묻어두는 일이었다. 내 기억세포 속에는 아무 효력이 없었던 것으로 기록되어 있다.

두 달이 돼 간다. 전화 한 통도 없다. 미신이라면 일찍부터 그 헛됨을 익히 알고 있다. 나목의 가지 끝에 걸린 희망처럼 조바심이 나면 헛됨을 알면서도 기대고 싶고 의지하고 싶은 것이 인지상정일 게다. 나는 지금 어쩔 수 없는 방편이었다는 자기 변명의 그림자와 마주하고 있다. 사리를 판단하는 능력은 물안개처럼 흐려지고 얇아진 귀는 점점 팔랑귀가 되어간다. 목적이 없는 행위는 없겠지만 살다 살다 별 희한한 짓을 다했으니 그저 웃을 수밖에. 비라도 한줄기 내리려는지 가라앉은 하늘이 내 마음처럼 어두워진다.

* 액운을 쫓거나 남을 저주할 때 무속적으로 취하는 간단한 조치

땅을 믿다

"에미야, 쌀 있나? 벌초 때 와서 한 포대 찧어가든가."

식전부터 전화할 사람이 시어머니뿐이란 내 예상은 단 한 번도 틀리는 법이 없다. 어머님의 전화는 언제나 앞뒤가 다 잘린 고등어 몸통처럼 덩그렇다. 그게 다 전화요금이 무서워서다. '용건만 간단히'를 철저하게 지키며 사시는 분이다. 말머리는 주로 식량 이야기지만 한번 다녀갔으면 좋겠다는 숨은 의도가 깔려있음이 금방 드러난다. 그러고 보면 어머님은 직설적이지 않고 에둘러서 말씀하시는 폼이 고단수시다.

먹성 좋던 아들은 취업해서 나가고 딸애는 학업으로 나가고, 어느덧 우리도 입이 반으로 줄었다. 그러니 쌀이 덜 먹히는 것은 당연한 일이다. 하지만 그보다는 칠순 노인이 애써 농사지은 걸 갖다 먹으려면 여간 죄송하지 않다. 솔직히 오가는 기름 값이 더 드는 현실도 무시할 수는 없다. 그런데도 휘발윳값이 쌀값보다 더 비싸게 치인다는 말은 차마 입 밖으로 뱉어내지 못한다.

간을 서늘하게 만들었던 그 일이 벌써 몇 해나 흘렀는데도 어제 일처럼 생생하다. "엄마 팔이 부러져서 입원시키고 저는 일갑니다" 라는 시동생의 전화는 고요한 아침을 전쟁터로 만들기 충분했다. 마침 주말이었고 무슨 날벼락이냐 싶어 애들 눈곱도 못 뗀 채 득달같이 달려갔다. 하지만 병원 그 어디에도 어머님이 안 계셨다. 원무과에 알아보니 깁스만 하고 바로 나가셨다는 게 아닌가. 며칠 입원치료 받으며 안정을 취해야지 그 상태로 움직이면 절대 안 된다고, 의사가 아무리 설명해도 통하지 않더란다. 이유는 하나다. 우두커니 병실에 갇혀 계실 성정이 못 되는 분이다.

아니나 다를까, 집으로 갔더니 그 와중에도 무얼 하시는지 종종걸음을 치고 계셨다. 영광스러운 상이용사처럼 오른팔을 어깨걸이로 얌전히 가슴에 얹으셨다. 활기 넘치는 모습에 안심이 되기는커녕 와락 속이 상했다. 급히 달려간 걱정이 화로 돌변하는 건 한순간이었다. 비설거지하다 다쳤다고 우기셨지만 누가 봐도 그게 아니었다. 봄이면 산나물을 뜯어서 푼돈을 번다는 이야기를 진작부터 듣던 터였고 헛간과 부엌에 새들새들한 고사리며 취나물, 돌미나리 봉지들이 증거물로 널브러져있었다. 그런데도 어머님은 비설거지하다 다쳤다고 변명만 둘러대셨다. 워낙 큰소리 한번 내지 않는 남편은 기막힌 광경에도 끝까지 침묵으로 일관하며 품위 유지를 했다. 하지만 나는 폭발하고 말았다.

"이제는 악착 그만 부리셔도 밥 굶지 않는데 제발 좀 적당히 하세요. 더 크게 다쳤으면 어쩔 뻔 했어요. 입원 치료를 받으라면 받으셔야지 무슨 배짱으로 그냥 오셨어요. 도대체 누굴 위해 그러시냐고요. 모 심는다 타작한다 바쁜 자식들 그만 부르고 이참에 농사도 그만두는 게 좋겠어요." 마치 오랫동안 벼르기라도 한 것처럼 두서없는 말들이 겁도 없이 튀어나왔다. 시어머니가 아니라 친정엄마였다면 더 노골적인 화를 냈을 것이다. 정말로 딱하고 속이 상했으니까. 어머님도 내가 그럴 만하다 여기셨는지 아니면 예상치 못한 따발총 공격에 놀라셨는지 시든 봄나물처럼 다소곳이 듣고만 계셨다.

한 주 뒤에 우린 다시 가야했다. 웬만한 논배미까지 기계모를 하지만 시댁의 상황은 그렇지 못하다. 대부분이 다랑논이어서 우리가 결혼을 한 이후에도 한참은 일소를 부리던 형편이었다. 깁스한 팔이 금세 낫는 것도 아니고 말이 쉽지 다 자란 모를 버리고 논을 묵힐 수도 없다. 그것은 죽었다 깨어나도 어머님이 허락하지 못할 일이다. 일꾼을 사려 해도 구하기 힘든 게 농촌 실정이라 온 식구가 출동해서 모내기를 도와야만 했다.

우르르 들판으로 몰려나갔다. 미리 물꼬를 막아둔 논은 처녀 가슴처럼 참방거리고 있었다. 시동생이 논바닥을 갈아엎어 쓰레질하면 남편은 둑을 치고 발랐다. 아들과 딸은 모판을 나르고 나는 어머님과 나란히 몸을 'ㄱ' 자로 구부리고서 모를 심었다. 숙제 많다고 투덜대던 아들도 '쌀나무'를 심는다고 호기심을 품던 딸애도 플라스틱 모판을 열심히 끌고 다녔다. 철퍼덕철퍼덕, 애들은 거의 장난질에 가까웠지만 한몫을 단단히 했다. 보이는 그림만은 제법 그럴싸한 일꾼들처럼 작은 논 조각이 꽉 찬 풍경을 이루었다.

줄잡이도 없이 경중경중 모심는 일이 신기하고 재미있었다. 어머님이 가르쳐주신 대로 왼손에 한 주먹 쥐고 오른손으로 네댓 포기씩 뜯어서 검지와 중지 끝을 살짝 눌러주면 됐다. 손끝에 닿는 흙의 질감이 의외로 보드라웠다. 어쩌다 설 꽂힌 모포기가 둥둥 물너울을 타기도 했다. 그럴 땐 어머님이 말없이 고쳐 심으셨다. 왼손 하나로 허리 한번 펴지 않는 저력을 보이셨다. 일이 순조롭게 진행돼서 후다닥 해치울 수 있을 것 같았다. 허나 생각만큼 진전이 없었다.

엉덩이는 발정 난 고양이마냥 하늘로 치켜세우고 머리는 땅에 박고 있자니까 피가 거꾸로 쏠렸다. 사흘 전에 먹은 것까지 올라올 듯이 매스껍고 어질어질 물멀미가 났다. 엉거주춤 꽃게걸음으로 뒷걸음치는 동작이 여간 거북스러운 게 아니었다. 인내심이 한계에 다다랐다. 언제 나갔는지 논바닥을 첨벙거리던 애들도 이미 논두렁에서 멍멍이랑 놀고 있었다. 수그린 등줄기에 뙤약볕을 걸머지신 어머님만 뼛속 깊이 농부임을 증명해 보이듯 초지일관이셨다. 나는 겨우 한나절 하고선 두 손을 들 수밖에 없었다.

그날 밤 집에 와서 허리가 아프네, 다리가 아프네, 애먼 남편을 들볶았다. 엄살이 아니라 사실 안 하던 노동에 장딴지와 종아리로 가래톳이 서서 돌덩이처럼 딴딴했다. 앉았다 일어났다 할 때마다 아야야, 비명이 연신 터져 나왔다. 몸살로 낑낑대면서 투덜투덜 짜증을 부렸다. 그때 문득 신혼 초에 가까운 친척한테 들었던 이야기가 생각났다. 어머님이 왜 그렇게 땅에 집착하시는지 그 이유를 내가 잊고 있었다.

빈농의 둘째인 시아버지는 남편의 외가에서 일을 하셨다. 아들 없는 집 맏사위가 되어 몇 마지기 토지를 물려받아 살림을 났다. 선걸음에 찬밥 한 덩어리 숭덩숭덩 물 말아 드시고선 죽자구나 일만 하셨다. 성품도 깜냥도 그것밖에 안 되는 분이었다. 땅내를 맡은 벼가 한창 푸르던 어느 날 속이 아파 병원에 가신 분이 주검이 돼서 돌아왔다. 졸지에 땅이 어머님 손에 물려졌다.

어린 자식들과 살길은 오로지 땅뿐이었고 땅만 믿고 평생을 사신 분이다. 고생스런 농사 그만 두시라 할 때마다 멀쩡한 땅을 묵히면 죄 된다면서 움직일 수 있는 동안엔 식량이라도 부쳐 먹어야지, 하신 말씀 속에 그런 숨은 사연이 있다. 무슨 조화일까? '에미야, 쌀 있나' 라는 말이 오늘따라 살갑게 귓전을 맴돈다. 어머님이 농사지어주신 쌀로 밥 먹는 지금을 그리워하는 날이 올까 봐 오히려 그게 두렵다. 어머님의 피땀 서린 한 자루의 쌀을 오래오래 얻어먹었으면 좋겠다.

피아노

이순이 코앞이건만 내 감성은 아직도 청춘일까? 철부지일까? 산더미 같은 이삿짐을 부려놓고 허겁지겁 화원동산 사문진나루터로 달려갔다. 낭만과 감동으로 채워줄 '100대 피아노 콘서트'가 유혹해서다. 짐 정리하기도 정신없는 날이지만 만사 제쳐두고 안 갈 수가 없었다. 그것은 내가 좋아하는 피아니스트 유키 구라모토가 출연하기 때문이다. 극성을 떠는 아내 성화에 못 이긴 남편은 별수 없이 운전기사가 돼주었다. 객석 앞자리에 앉기 위해 서둘렀더니 무려 공연 3시간 전에 도착했다. 그런데도 이미 많은 사람들이 먼저 와서 제일 좋은 자리는 다 차지하고 없다. 하지만 우리가 잡은 좌석도 영 나쁘지는 않다.

잔잔한 수면 위로 물별이 내려앉아 평화로운 그림 한 점을 완성한다. 강둑으로 분홍, 빨강, 흰색, 삼색 코스모스가 조화롭게 간들거리고 갈대도 가만있지 못하겠단 듯이 덩달아 나부낀다. 유람선을 타고 가을 정취를 즐기는 젊은이들의 웃음소리에 내 입꼬리가 슬쩍 올라간다. 무대엔 유키 구라모토의 리허설이 한창이다. 우리는 천막이 가려주는 그늘 쪽 의자에 앉았다. 야외에 100대 피아노를 모아놓고 콘서트를 연다는 발상이 누구로부터 나왔을까? 아무리 생각해도 기발하고 획기적인 구상이다. 올해는 외국 음악가를 섭외했다는 사실에 두 번 놀란다. 주최하고 프로그램을 짜는 분들의 능력은 또 얼마나 대단한가. 설렘과 흥분을 가라앉히고 무대를 살핀다. 혹시라도 우리 피아노가 눈에 띌지 모른다는 기대와 함께.

올해 6회를 맞는다는 100대 피아노 콘서트, 이런 멋진 행사를 모르는 시민들이 의외로 많은 거 같다. 방송에서 홍보해도 그냥 지나치거나 예사로 보아 넘기기 때문일 게다. 나 역시 모르고 있었다. 재작년에 이어 오늘 두 번째 행운을 누리게 된다. 우리 피아노를 중고품 상인께 팔았는데 내가 자꾸 아쉬워하니까 의미 있는 곳으로 가니 너무 아쉬워 말라면서 콘서트 정보를 주셨다. 그때는 우리 피아노가 어디 있는지 한번 보고 와야지, 하는 단순한 마음이었다. 그러나 그건 순진한 생각에 불과했다. 비슷비슷한 100대의 피아노들 틈에서 우리 것을 찾기란 엄두도 못 낼 일이었다. 무대 앞으로 나가는 것조차 허락되지 않았다. 좋은 공연을 보는 것으로 위안 삼아야 했다. 천덕꾸러기처럼 자리만 차지하던 것이 의미 있는 행사에 활용된다는 자체가 작은 위로였다.

딸애가 일곱 살 때 같은 라인에 사는 이웃을 따라 나갔다가 덜컥 저지른 것이다. 그 당시에 2백만 원이나 준 고가의 악기였다. 아이의 다리가 피아노 페달에 겨우 닿는 상황에서 뭔 마음으로 샀는지, 피아니스트로

키울 꿈같은 것도 없었다. 남편은 너무 기가 찬 나머지 오히려 의연하게 넘어가주었다. 어떤 꾸중도 내가 감당할 몫이어서 변명의 여지가 없었지만 딸 사랑이 지극한 그이였기에 눈감아 주는 거 같았다. 그런데 애가 초등학교 고학년이 되면서 학업량이 많아졌고 피아노에 앉을 시간이 점점 줄어들었다. 그때부터 악기는 거대한 짐으로 전락했다. 자리만 차지한다며 이 방 저 방 옮겨 다녔고 푸대접을 받는 수모를 겪게 되었다. 급기야 팔아버리라는 가족들의 닦달을 받았다. 피아노에 귀가 있다면 얼마나 서러웠을까? 더러워서 내 발로 나간다고 했을 게다. 그렇게 식구들의 천대를 받다가 결국 30만 원 헐값에 팔려나갔으니, 나로선 아깝고 안타까울 수밖에.

먼발치서 피아노 앞에 앉은 유키 구라모토의 뒷모습을 보는데 가슴이 벅차다. 협연할 바이올린, 첼로와 호흡을 맞춰보고 있다. 저분도 몇 년 사이에 연륜의 두께가 한층 더 느껴진다. 지난번 내한공연 때 두 차례 관람을 했고 이번이 세 번째 만남이다. 이만하면 열렬한 팬이라고 자칭해도 될까? 두 시간짜리 공연을 보기 위해 꼼짝 않고 앉아서 세 시간의 리허설을 구경했다. 이 정도 성의면 모범 관객이거나 우수 관객의 대열에 끼이지 않을까 싶다. 미리 약속한 '글무리' 윤 선생은 본 공연 직전에 만났다. 그녀가 잡아놓은 자리 쪽으로 옮겨가서 나란히 앉았다. 친구 두 명과 함께 온 윤 선생은 나보다 한술 더 뜨는 감성이라 시작부터 감탄사를 아끼지 않았다. 정보는 나눌수록 좋은 법, 행복해하는 모습을 보며 콘서트 정보를 알려준 보람이 있어서 다행이란 생각이 들었다.

조선시대 영남권 물류 중심지였던 사문진나루터는 역사적으로 의미가 깊다. 1900년에 선교사 사이드보텀 부부를 통해서 우리나라 최초로 피아노가 들어왔다. 그런 역사성에다가 '100년 달성' 이라는 주제를 입혀 탄생한 것이 바로 '100대 피아노 콘서트' 라고 한다. 내가 살고 있는 지역에서 이렇게 멋진 공연이 이틀에 걸쳐 그것도 무료로 열린다는 사실이 기쁘고 고마울 뿐이다. 출연진은 물론 프로그램도 알차서 가을축제의 한마당이 되기에 부족함이 없다. 사계절 내내 전국적으로 많고 많은 축제들이 있지만 수준 높은 음악으로 지역민들과 소통하는 공연은 그리 흔치 않을 것 같다. 마치 내 집 잔치처럼 널리 자랑하고 싶다.

바리톤 김동규의 사회와 노래로 전반부가 끝났다. 이윽고 기다리고 기다리던 유키 구라모토의 연주가 시작 되었다. 'Lake Louise' 란 곡이 피아노와 바이올린, 첼로의 협연으로 펼쳐졌다. 나는 그의 대표곡인 '로망스' 를 좋아하는데 앙코르곡으로 들을 수 있었다. 한때 로망스에 푹 빠져서 살던 시간이 바로 어제 일처럼 다가와 추억을 되새기게 했다. 이삿짐 정리 같은 일상은 까맣게 잊어버리고 오로지 피아노 선율에 젖어있는데 여음을 즐길 새도 없이 폭죽이 터졌다. 가을밤의 허공을 수놓으며 찬란히 피어나는 오색 불꽃이 피날레를 장식했다.

중국의 만리장성까지 가서 정작 성곽은 밟지 못하고 케이블카에서 내린 지점에서 놀다 온 적이 있다. 그 후에 다짐을 했다. 뭐든 기회가 주어졌을 때 일단 하고 봐야한다는. 그것이 인생철학이 되었다. 기회란 흔하게 찾아오는 게 아니니까. 바쁠수록 돌아가라는 속담처럼 만사 제쳐놓고 태평스레 다녀온 이번 콘서트는 정말로 잘한 일이라 생각한다. 두고두고 되새길 기분 좋은 밤이었다.

동주님께

지금 내 손에는 복간본 '하늘과 바람과 별과 詩'가 들려 있습니다. 아무래도 아주 천천히 책장을 넘길 것 같습니다. 왜냐하면 가슴이 뛰어행여 그대의 시혼詩魂을 놓칠까 두렵고 어느덧 시력이 따라주지 않는까닭이기도 합니다. 더 솔직하게 말씀을 드리면 무지한 내가 읽기에 너무 어려운 한자들이 많이 섞여있어서 그렇습니다. 하지만 괜찮습니다. 급하게 서둘러 읽어야 할 이유는 없으니까요. 시의 행간에서 가늠할 수없는 그대 절망이 함축된 숨결을 찬찬히 느껴보는 것도 충분히 의미 있으리라고 생각됩니다.

혹시 당신도 아시나요? 그대의 이름으로 영화가 만들어진 거 말이에요. 뚜껑을 열기 전부터 세간의 관심을 받고 있다는 기사를 읽었습니다. 정말 고무적인 일이지요. '동주'를 기획하고 연출한 이준익 감독은인터뷰에서 미안함 때문에 영화를 만들었다고 했더군요. 나는 미안함

더하기 그리움 때문에 개봉을 기다렸다고 해두렵니다. 언제부터였는지 정확히는 모릅니다. 막연히 그대가 내 마음에 들어와 오도가도 않는 사람이 되어버렸습니다. 물론 그대는 알 턱이 없는 일이고 그러니 아무런 책임도 없습니다. 그냥 제 마음이랍니다. 도무지 시가 되지 않아 잠 못 이루는 밤엔 쉽게 쓰이는 시를 부끄러워했던 그대를 철없이 부러워할 뿐입니다. 무연한 마음으로 캄캄한 허공을 올려다 보면 거기에 별을 헤는 청년이 있습니다. 미래를 꿈꾸기도 벅찬 시절에 하릴없이 별이나 헤야했던 그 청년이 가여워서 한참을 따라 헤다가 잠들곤 합니다.

지난해 봄이었던 거 같아요. 우연한 기회로 '쎄시봉' 콘서트에 다녀왔습니다. 김세환, 윤형주, 조영남 그리고 이상벽 씨가 출연을 했었어요. 소싯적에 좋아했던 김세환 씨를 오랜만에 뵈니 무척 반갑더군요. 노래도 노래지만 다들 재담이 대단하더라고요. 많은 이야기들 중에서 가장 몰입해 들었던 부분은 윤형주 씨가 전한 윤동주, 바로 그대의 죽음에 관한 내용이었습니다. 6촌 관계라고 했습니다. 당신의 사망소식을 듣고 그의 숙부가 후쿠오카 형무소로 찾아갔더래요. 피골이 상접한 주검을 보고는 차마 아무것도 하지 못한 채 그대로 둘둘 말아서 현해탄을 건너고, 기차를 타고, 그렇게 고향에다 묻었다고 했습니다. 사인死因이 바닷물을 주사한 것이라는 도무지 믿기지 않는 끔찍한 말을 들었습니다. 추정일 뿐 확인할 방법이 없는 정체불명의 그 주사가 원망스럽기만 합니다. 내 귀를 의심하면서 분개조차 할 수 없을 때 그대의 생가와 묘소가 주마등처럼 스쳤습니다.

사실 그대의 발자취를 찾아보고자했던 나의 노력은 더 이전으로 거슬러 올라갑니다. 아마 2007년도 일 거에요. 중국으로 기행을 갔었습니다. 그때 용정 땅, 그대의 생가를 돌아보는 기회를 얻었지요. 인솔하신 선생님이 일정을 그리 잡아준 배려 덕분에요. 고딕체로 새겨진 '윤동주 생가' 라는 표지석이 쓸쓸하게 반겨주더군요. 좁다란 마루에 걸터앉아 그대 시심이라도 느껴보려고 나는 몇 컷의 기념사진을 찍었습니다. 그러고는 다시 이동하여 간 곳이 산비탈에 마련된 공동묘지였습니다. 일행들 발밑으로 황토 먼지가 풀풀거리는 4월의 오름길은 등줄기에 땀이 흐를 정도로 경사지더군요. 빗돌은커녕 떼도 엉성한 그대의 봉분 위로 잡풀이 돋아있었고 중키의 벚나무 한 그루가 그대 소유의 전부였습니다. 피어보지도 못한 채 떠난 그대를 반추하듯이 여드름 같은 꽃망울들이 서럽게 맺혀있었습니다. 마치 하늘과 바람과 별과 시만 사랑할 수밖에 없었던 당신의 운명인 양 상상 외로 초라한 유택이었습니다. 무시무시한 절망과 고독 속에서 죽었지만 무사히 돌아와 고향에 묻혔으니 그나마도 다행이라고 여긴 내가 돌연 미워졌습니다.

다시 영화 이야기나 해볼까요? 개봉 첫날, 상영 첫 시간에 맞춰 한달음에 달려갔습니다. 아이러니하게도 그리운 그대를 만나기 위해서 남편과 함께 갔습니다. 그이는 내 오래된 그리움에 대해 질투를 몰라서 다행입니다. 하지만 너무 질투를 안 하는 것이 오히려 서운할 때도 있습니다. 이 사람이 나를 사랑하기는 하는가 싶어서 말이지요. 아, 염려 마세요. 나이에 어울리지 않는 괜한 트집인 거 압니다. 필름이 돌아가는 긴박한 사이사이 차분한 목소리로 그대가 시를 들려주더군요. 참, 그대 역할은 '강하늘' 이란 배우가 맡아서 열연을 펼쳤습니다. 주옥같은 시편들을 듣노라니 마치 오래된 고백처럼 사무치지 않겠어요? 알 수 없는 생채기가 되살아나는 울분을 감당하기 버거워서 간간이 훌쩍거리고 말았습니다. 나라 뺏긴 설움에 젖은 한 남자의 자세와 표정이 시詩라는 옷을 입고 초연히 나를 위로하더군요. 그래도 자꾸만 눈시울이 묵직해져 눈을 감고 시흥에 젖는데 찢긴 희망과 얼룩진 고뇌가 그렁그렁 보이는 것 같았습니다. 그대의 고통을 헤아리지 못해서 미안하고 또 미안했습니다. '쳐죽일 놈들', 속으로 이를 갈며 상영관을 빠져나왔습니다. 극장 직원이 영화 어땠냐고 묻더라고요. 좋았다고 했더니 손바닥을 펴 보이며 별점을 물었습니다. 나는 1초의 망설임도 없이 다섯 손가락을 들어 만점을 표시했습니다.

'자화상'이라는 시에서처럼 지금도 그대의 고향 우물 속에는 달이 밝고 구름이 흐르고 파란 바람이 불고 가을이 있습니까? 이곳은 새봄이 와서 온갖 꽃들의 축제가 한창입니다. 겨우내 움츠린 채 자기 색깔을 감추었던 사람들도 꽃처럼 잎처럼 생기가 넘쳐 흐릅니다. 나는 또 나보다 한참 젊은, 우수에 잠긴 한 사나이를 안타까워하며 봄을 보내겠지요. 생각하면 아프고 속상하고 화나면서도 그대를 그렇게 만든 자들에 대해 대놓고 욕 한마디 퍼부을 깜냥도 못 돼서 그저 고픈 배나 채우며 살고 있습니다. 암만해도 나는 쉽게 쓰이는 시를 부끄러워했던 그대를 부러워하면서 그냥저냥 순하게 늙어갈 모양입니다. 이 밤도 깊어가는 군요. 못다 넘긴 책장은 내일을 기약하며 덮어두렵니다. 모든 죽어가는 것을 사랑했던 동주님, 그럼 편안히 지내세요.

재난은 잊힐 때 다시 찾아온다

　포항에서 일어난 지진으로 온 나라가 어수선하다. 긴박한 그 시간에 나는 하필이면 미용실에서 파마를 말고 있었다. 갑자기 앉아있는 의자가 흔들려서 지진이구나, 곧바로 인지했다. 지난해 경주 지진을 겪었기에 아는 느낌이었고 두려움이 배가 되었다. 중화제를 바르고 기다리던 중이었는데 미용사가 그냥 머리를 풀자며 서둘렀다. 여차하면 몸을 피해야 하니 어쩔 수 없었다.

　어느 대학에선 건물 외벽이 무너졌단다. 10분 만에 이뤄진 일사불란한 대피로 전원이 무사하다니 천만다행이다. 그동안 훈련을 해온 덕분이란다. 수능을 하루 앞둔 시점이라 시험을 한 주 늦추는 초유의 일이 벌어졌다. 수험생은 물론이고 학부모와 학교에서도 혼란스러울 것 같다. 그래도 안전이 최우선인 것을 생각하면 정부의 이번 조치는 잘 내린 결정이다 싶다. 명예기자 자격으로 '대구시민안전테마파크'에서 모의 실험을 했던 일이 생각난다.

대구시민안전테마파크는 1995년 4월 28일 상인동 가스폭발사고, 2003년 2월 18일 중앙로역 지하철 참사를 계기로 세워졌다. 사고 도시가 아닌 안전 도시로 거듭나고자 실질적인 체험교육을 통한 안전의식 함양 및 재난에 대처하는 능력을 강화하기 위해 대구시에서 건립한 종합 안전체험 장소다. 부지 29,114m², 연면적 6,395m² 규모로 1관과 2관, 야외시설로 구성돼 있으며 1관의 방재미래관과 야외시설을 제외하고는 사전 예약제를 통해 오전 9시부터 오후 6시까지 이용할 수 있다. 매주 월요일과 1월 1일, 설날과 추석 당일은 휴관이다.

먼저 1관을 체험했다. 이곳은 지하철과 생활안전, 미래안전영상관(3D)으로 구성되어 있다. 지진, 산악안전, 소화기 사용 등을 체험함으로써 안전 불감증으로 인한 생활 속 사고방지 및 효율적인 대처방법을 학습한다. 진도 7.0의 지진 가상체험을 할 때는 마치 실제상황인 양 긴장되고 떨렸다. 지반이 심하게 흔들려서 나도 모르게 비명이 나왔다. 예기치 못한 위험에 당면했을 때 당황하기 십상인데 첫째도 침착 둘째도 침착이다. 먼저 큰 소리를 질러 주변에다 알리는 것이 중요하다. 실내 지진의 경우 재빨리 전기와 가스부터 차단하고 현관문을 열어 탈출구를 마련해야한다. 탁자 밑으로 피하거나 건물의 중심이 아닌 벽면에 기댄다. 이때 가방이나 쿠션 등으로 머리를 보호하는 것이 안전을 위한 필수다.

다음엔 '체험역'으로 갔다. 비상시에 지하철 문을 여는 방법을 배워보았다. 좌석 아래의 '출입문 비상콕크'를 열고 밸브를 몸 쪽으로 돌리면 공기 빠지는 소리가 난다. 이때 양손을 옆으로 밀어서 문을 열면 된다. 알고 보니 아주 간단하고 쉬운 것이었다. 문이 열리면 비상유도등이나 야광타일을 따라 빠져나온다. 화재 현장의 90%는 유독가스이기 때문에 손수건이나 옷가지에 물을 묻혀 입을 막아야 하고 물이 없으면 침이나 소변이라도 받아서 사용해야 한다. 그마저도 여의치 않을 경우에는 승강장 끝에 있는 비상계단의 벽면에 바짝 붙어서 전동차의 진행 방향으로 신속히 탈출하면 된다.

2관은 옥내 소화전과 농연 및 완강기, 심폐소생술, 모노레일 탈출 등 영상으로 연출한 화재상황에서 소화전을 이용해 직접 진화하는 체험공간이 마련되어 있다. 또한 실제 크기의 모노레일 탈출 및 고층건물에 설치된 피난기구인 완강기를 이용해 탈출하는 체험을 한다. 이러한 훈련을 통하여 현장 위기에 대응하는 능력을 배양할 수 있다. 심폐소생술(CPR) 및 자동제세동기(AED) 사용법을 익혀 응급환자에 대한 적절한 대처방법도 학습 가능하다.

체험이 끝난 후 이제훈 소방관을 만나 주민들께 당부의 한 말씀을 부탁드렸다. "안전은 우리 스스로 지키는 것입니다. 안전시설은 주변에 많은데 관심 없이 지나쳐서 활용을 못하고 있습니다. 안전은 지식으로 하는 게 아니라 체험으로 하는 것이니 더 많은 사람들이 안전체험을 통해 위기상황에서 무사히 탈출할 수 있기를 바랍니다."라고 해주셨다. 백문불여일견百聞不如一見이란 말처럼 백 번 듣는 것이 한 번 보는 것보다 못하다. 그렇다면 백 번 보는 것보다 한 번의 체험효과는 수치적 환산이 불가능할 것이다. 우리 모두 설마에 발목 잡혀 재난을 되풀이하지 말고 소중한 생명과 재산을 스스로 지키는 계기가 되길 바란다.

자연재해와 맞닥뜨리면 인간의 나약함을 새삼 깨닫게 된다. 속수무책일 수밖에 없지 않은가. 포항은 여진으로 여전히 불안과 공포에 떨고 있단다. 날은 점점 추워지는데 이재민들의 고통이 가중될 거 같다. 마음으로라도 그분들의 고통을 나누고 싶다. 솔직히 일본에서 일어나는 지진 소식을 접하면서 남 이야기인 줄만 알고 안심한 것이 사실이다. 지피지기면 백전백승이란 말처럼 우리도 이제는 안전지대가 아님을 알았으니 철저히 대비하면 피해와 두려움을 줄일 수 있으리라. 대피 훈련을 생활화하는 것도 확실한 대처법이 아닌가 싶다. 복습하는 셈으로 대구시민안전테마파크에 한 번 더 다녀와야겠다.

어머님의 공부

시골에서 어머님이 올라오셨다. 팔순이 코앞인 당신은 문맹이시다. 그나마도 다행이랄까? 20 안팎의 숫자 정도는 깨치셨다. 몇 년 전에 '효도폰'이란 이름으로 2G폰을 사드렸다. 필요 없다고 하시는 것을 객지의 자식들과 비상연락이라도 취하시라고 마련해드린 것이다. 그런데 전화번호가 어떤 경로로 유출이 됐는지 읽기는커녕 사용법도 모르는 분께 메시지가 날아온다. 열지도 못한 채 수북이 쌓여있는 편지함을 정리하는 건 남편 몫이다. 솔직히 오는 전화도 겨우 받는 사람에게 문자 서비스란 하등의 필요 없는 귀찮은 친절에 불과하다. 발신자는 '띵동' 소리를 듣고도 어찌 할 수 없는 수신자가 있을 거란 생각을 한번쯤이라도 해보는지 모르겠다.

지난여름에 액정이 조금 큰 것으로 바꿔드렸다. 오남매의 순서에 맞춰서 첫째는 1번 둘째는 2번… 이런 식으로 5번까지 단축번호를 만들었다. 그건 우리만의 비밀이며 나의 궁리였다. 언제든 숫자만 누르면 아들딸과 통화가 되도록 설정을 해놓고 수차례 알려드렸다. 그러나 아직까지 어느 자식도 어머님 전화를 받아보는 영광을 누리지 못하고 있는 듯하다. 통화료가 우리 계좌에서 빠지도록 연결되어 있는데 기본요금에서 단 한 번도 벗어난 적이 없음이 이를 증명해준다.

남편은 기회만 되면 노모를 붙들고 열 살짜리 아이 가르치듯이 핸드폰 사용법에 대해 열강을 한다. 전화 받는 법, 거는 법, 끊는 법, 심지어는 법문을 다운 받아놓고 그거 듣는 방법까지 설명하느라 온갖 애를 쓴다. 갸륵하지만 그래봐야 소용없다는 것을 아는 나는 마음속으로 의문부호만 그린다. 사실은 나도 기계치라 어떤 훌륭한 기능들이 있는지조차 다 모르고 또 골치 아픈 것은 아예 배우려고도 하지 않으니 말이다. 제대로 활용 못하는 사용자에겐 많은 기능들이 무용지물일 따름이다.

자상한 아들의 지극정성에 부응하듯이 어머님은 오늘따라 착한 학생이 되어 이마를 맞대고 열심히 듣는다. 남편이 반복 설명을 하고 어머님은 알겠다는 시늉으로 연방 고개를 끄덕거리신다. 웬만큼 됐다 싶은 그이가 "엄마, 이제 아시겠어요?"하고 물으면 이내 풀이 죽어 "몰따"하며 소녀처럼 배시시 웃으신다. 그럴 땐 이마의 굵은 주름이 유난히 선명해보여서 안타깝다. 그럼에도 불구하고 곰살궂은 맏아들이 든든한지 배움을 은근히 즐기시는 눈치다. 설령 그게 헛수고일지라도 모자간의 다정한 풍경을 보고 있노라면 내 입 꼬리가 올라간다.

요즘 어머님 공부가 하나 더 늘었다. 당신의 이름 석 자를 써보는 게 소원이라 하셔서 남편이 공책에다 어머님 함자를 크게 적어놓고 베껴

쓰기를 시키고 있다. 갈퀴손에 호미 대신 볼펜을 불끈 쥐고 꾹꾹 눌러가면서 또박또박 잘 따라 쓰신다. 획순이 맞지 않아도 상관이 없다. 가로획이 지나치게 길어지기도, 세로획이 길어지기도 한다. 그래도 무슨 글자인지는 충분히 알아먹을 수 있을 정도의 글꼴이 나오는 것이 나는 그저 신기하기만 하다. 아무쪼록 어머님의 공부가 일취월장하시기를 응원 드린다.

홀로 아리랑

분명 사람이 사는 집이다. 아무도 자원해서 갈 사람은 없는 집이다. 나는 절대 안 갈 것이라 믿고 싶은 집이다. 야무진 땅을 물고 늘어지던 호밋자루의 기억마저 놓아버린 분들이 살고 있다. 한때는 파운데이션 바른 얼굴에 빨간 립스틱으로 마무리 화장을 하고 멋 부린 적이 있었을 것이다. 새로 산 구두를 신고 뒤꿈치가 까지는 줄도 모른 채 걸었던 봄날도 있었을 것이다. 인생의 종점을 한 코스 정도 남겨둔 사람들이 기억나지 않는 긴 여정을 돌아볼 생각도 못하고 휴식 아닌 휴식만 취하는 집이다. 어찌할 수 없는 동병상련의 사람들이 함께 연명하는 집이다. 속절없이 꾸역꾸역 여생을 채우는 그런 집이다.

언덕 위의 하얀 집을 꿈꾸던 시절이 있었을까? 인생 말년에 그 소원을 이룬 것일까? 소읍의 외곽 나지막한 언덕 위에 위치한 하얀 집, 건물 입구가 꾀꼬리단풍으로 아름답다. 데스크를 지키던 까만 정장을 입은 직원이 친절히 맞아준다. 방문한 이유를 말하자 6층으로 가서 다시 안내 받으란다. 승강기를 타고 6층으로 올라갔다. 두리번거릴 사이도 없이 간호사가 친절히 물었다. 환자의 성함을 대자 곧바로 호실을 알려준다. 복도 왼편 중간쯤에 있는 5호실 문을 열었다. 누운 듯이 앉은 듯이 무표정한 얼굴들이 일제히 우리를 쳐다본다. 낯선 이의 방문이 불편한 것일까? 반가운 것일까? 속내를 읽을 수가 없다. 여러 개의 침상을 눈으로 훑는데 우리를 먼저 보신 할머니께서 알은체를 하신다.

'손부 오나', 시댁에 갈 때마다 제일 먼저 반겨주시던 할머니를 뵙지 못한 것이 1년이 훌쩍 지났다. 차를 골목 어귀에 세우고 돌담을 돌아가면 으레 계시던 분이 안 보이니 서운하기 이럴 데 없다. 거미줄에 걸려 몸부림치는 날벌레의 처지가 되면 곁을 주는 이에게 마음을 부비고 싶은 것이 인지상정일 게다. 고부 관계의 이름 탓이랄지. 중키에 몸은 호리호리해도 강단이 있어서 여장부 같은 시어머니는 두려운 존재였다. 반면에 몸집이 살짝 있고 쪽진 머리에다 비녀를 꽂고 계신 먼 친척 할머니는 꼭 내 친할머니처럼 푸근했다. 구순의 연세에도 정정하셨는데 화장실에서 일어서다 주저앉고 말았다. 고관절이 부서져서 수술을 받았으나 고령이라 회복이 쉽지 않은 모양이다.

마침 요양보호사가 환자들 기저귀를 갈아 채우는 중이다. 몇 마디 인사를 나눌 틈도 없이 쫓기 듯이 복도로 나와 서성이고 있었다. 그때 맞은 편 방에서 자그마한 할머니 한 분이 나오셨다.

"우리 선상님 오셨어요? 나는 선상님을 보면 기분이 좋아요."

다짜고짜 남편의 팔을 붙잡고 애교스럽게 어깨춤을 덩실덩실 추신다.

"으으, 네에…."

당황한 그이가 비명 비슷한 소리를 내면서도 할머니의 돌발행동을 뿌리치지 못한다.

"노세, 노세 젊어서 놀아 늙어지면 못 노나니…."

어쩜 저리도 티 없이 해맑을 수가 있을까? 노래까지 불러가며 춤을 추신다. 꿈꾸는 나비인 양 사뿐거리는 동작이 마치 근심걱정 없는 천상의 세계에서 노시는 것처럼 행복해 보인다. 낯선 할머니가 보여주는 뜻밖의 원맨쇼에 눈치 없이 헤픈 웃음이 쏟아졌다. 터진 웃음보는 쉽게 멈추지 않았다. 제동되지 않는 내 웃음에 기분이 상했다는 듯이 할머니는 남편의 팔을 놓고 대뜸 내 손을 낚아채듯이 세게 붙잡는다.

"이뿌이도 왔나."

짧고 새침한 말투로 한마디 툭 던질 뿐 내 앞에선 춤은커녕 노래도 부르지 않는다. 화난 사람처럼 샐쭉하니 곧바로 돌아서더니 발바닥이 복도 바닥에 닿는 둥 마는 둥 사뿐사뿐 걸어가신다. 몇 걸음을 걸어가다가 다시 춤을 추고 노래도 부른다. '노세, 노세 젊어서 놀아 늙어지면 못 노나니…' 젊어서 못 노신 한이 노래로 불리는 것일까? 엉뚱한 곳에 멈춰 선 할머니의 인생처럼 노랫소리가 제자리 반복이다. 야윈 어깨와 엉덩이를 살짝살짝 흔드는 뒷모습이 꽃잎 위를 맴도는 한 마리 나비를 닮았다.

몇 해 전 친정 이모가 쑥을 캐다가 넘어져 고관절 수술을 받으셨다. 다행히 수술은 잘 되었는데 연세가 있다 보니 독한 약을 견딜 만큼 체력이 따라주지 않았다. 가끔 헛소리를 해도 일시적인 현상이려니, 가볍게 여겼는데 그게 치매로 이어졌다. 본정신이 찾아오면 조카딸인 나를 자꾸 찾는다고 사촌오빠가 연락을 해왔다. 청상의 몸으로 달랑 아들 하나 바라보고 사신 분이라 평소에도 나를 딸처럼 여기던 터였다. "내가 죽고 나면 올래?" 이모는 전화기에 대고 한번 안 온다는 섭섭함을 그리 표현하셨다. 시간을 내어 남편과 병문안을 갔다. 다행히도 그날은 아주 말짱하게 우리를 알아보셨다. 그러고는 1년도 안 돼서 돌아가셨다. 수십 번을 퇴고해도 성에 차지 않는 원고처럼 오래도록 마음자리가 개운하지 않았다. 고작 두어 시간 거리인데 자주 찾아뵙지 못한 후회 때문이다.

"할머니 얼른 나으셔서 댁으로 가셔야지요."

"손부야, 인제 내가 집에 다시 가겠나. 이러고 지내다가 죽어야 가지."

힘없이 내뱉는 말씀에 뭐라 대답할 적당한 말이 생각나지 않아서 할머니의 갈퀴손만 만지작거린다. 웅크린 채 돌아누워 등만 보이는 사람, 이불을 어깨선까지 끌어올리고 텔레비전을 보는 사람, 반쯤 일어나 우리 쪽을 물끄러미 바라보는 사람… 자세는 제각각이지만 삶보다는 죽음 가까이에 홀로 선 분들이라 생각하니 지독한 외로움의 깊이가 읽히는 것 같다. 그렇다고 저분들께 희망이 전혀 없을 것이라 말하면 그건 내 자의적인 해석일 뿐이다. 윤회라는 단어를 빌리자면 만남과 이별, 이별과 만남이 동전의 양면처럼 굴러가는 것 아닐까. 다음에 또 들리겠노라는 지키지 못할 약속을 남긴 채 병실을 나왔다.

오래된 나무를 보면 양손으로 끌어안고 싶고 가만히 등을 기대고 싶을 때가 있다. 언덕 위의 하얀 집에 사시는 할머니들이 오래된 나무들처럼 마음에 남는다.

조용한 손님

뜬눈 위로 잠이 흘러든다. 자리를 찾는다. 나는 온돌보다 침대를 더 선호한다. 하지만 결코 눕고 싶지 않은 침상도 있다. 바로 병원의 그것이다. 특히 산부인과는 배꼽 언저리에다 커튼을 쳐주는 배려에도 불구하고 귀밑이 화끈거리기 일쑤다. 밝은 조명 아래 아랫도리를 열고 있으려면 괄약근에 저절로 힘이 들어가고 어깨가 경직되기 마련이다. 그런데 의사는 예의 힘을 빼라고, 긴장을 풀라고 주문한다. 긴장을 푼다는 것이 전등의 스위치를 내리는 일처럼 의도대로 되는 일인가. 어느덧 달거리도 끝나고 사그랑주머니가 돼가지만 그 곤혹에서 해방되나 싶은 일말의 홀가분함마저 드는 건 사실이다. 폐경의 의미란 단순히 잉태의 결핍을 넘어 여성성을 잃는 것 아닌가. 그래서 어떤 이들은 약간의 우울증을 앓기도 한다는데 난 아직 그런 게 없어서 그나마 다행이다.

지난 3월 마지막 날은 인내의 밑천이 드러나는 하루였다. 전날 초저

녁부터 오줌 눈 변기가 홍해 같았다. 여자에게 붉은 물은 충분히 익숙하다. 하지만 폐경기의 혈뇨는 보나마나 불청객일 확률이 높다. 핏물이 먼저 찾아오고 통증이 나중에 왔다. 낯익은 증세라 걱정 중에도 살짝 안심이 됐다. 느낌으로 봐서 조용한 손님이 자신의 존재감을 발휘하는 것이라 단정 지었다. 선무당이 사람 잡는다는 속담을 알지만 자가진단 아래 대충 버텨보자고 배짱을 부렸다. 이미 두세 번의 경험으로 내 견딤도 제법 내성이 길러졌다는 의미일 게다. 어쨌든 한잠에 든 남편이 깰까 봐 아랫배를 움켜쥐고 혼자 조용히 아프기로 했다.

시작은 안방이었다. 통증의 강도가 수위를 높여가자 거실로, 주방으로, 공간 이동을 해가며 뒹굴었다. 결국에는 잠귀 어두운 남편이 깨고 말았다. 그가 하는 말은 언제나 '병원 가자' 한마디다. 한밤중에 응급실 가봐야 뾰족한 수가 없다는 것은 그도 이미 다 아는 바다. 그럼에도 불구하고 같은 말을 되풀이하는 건 딱히 묘수가 없다는 이야기다. 태풍의 핵이 경로를 빠져나가려면 시간이 문제이듯이 잔돌이 무사히 지나가는 데도 시간만이 답이다. 이때 요도가 긁히면서 통증이 요동을 치는데 견디는 건 내 몫이다. 속수무책 기다려주는 수밖에 다른 해법이 없다는 것을 안다는 사실이 오히려 위로가 된다.

산부인과로 갔다. 통증이 가라앉고 혈뇨도 옅어져서 엔간하면 피하고 싶었지만 남편이 확인을 하자했다. 예상한대로 결석結石이 의심된다며 비뇨기과로 보냈다. 소변검사와 초음파 사진을 찍더니 그간의 정황을 한마디로 요약해준다. '신장결석'이란 최종 진단이 내려진다. 작지만 없애는 것이 상책이란다. 간단하게 처리한다고 말 한번 간단하게 하며 수술을 종용한다. 별수 없이 엉덩이 주사를 맞고 후줄근한 소파에 초조히 앉아 있자니 녹색 가운을 입은 남자가 2층으로 오라는 손짓을 보낸다. 순간 '저 사람이 저승사자가 아닐까'라는 무서운 생각에 남편 팔을 꽉 붙잡고 얼음이 된다. 그때 갑자기 남자가 돌아보며 씩, 미소를 던진다. 마음을 편안히 가지라는 제스처일 텐데 오히려 그게 더 섬뜩하다.

체외충격파 쇄석술, 낯선 이름만큼이나 두려워서 발발 떨며 수술실로 들어섰다. 비 맞은 석탄처럼 번득이는 눈썹을 가진 자식뻘 되는 의사가 침대에 엎드리란다. 연하남이 대세라지만 새파란 남자 앞에 드러눕게 될 줄을 누가 알았으랴. 기어이 올 것이 오고야 말았다. 아랫도리를 허벅지까지 내리라는 명령이다. 벗은 엉덩이는 내 소관 밖이라 잠시 잊기로 하는데 뭔가를 덮어주며 다짜고짜 헤드폰을 씌운다. 난데없이 트로트가 흘러나온다. '이왕이면 취향이나 좀 물어봐주지', 와중에도 철없는 희망이 끼어든다. 그 찰나 쇠망치 소리가 들린다. 쾅쾅, 누가 내 옆구리에다 대못을 박는지 소리의 크기는 측정할 수 없어도 기함할 것만 같다.

소리는 소통이자 불통의 씨앗이 될 때도 있다. 층간소음이 사회문제로 대두된 요즘에는 이웃사촌은커녕 원수가 되기 십상인 현실 아닌가. 아무래도 망치를 든 위인은 전생의 원수인지 모르겠다. 대단한 실력자인 것만은 분명하다. 일정한 높낮이와 일정한 간격의 생소한 소리가 생사람을 잡을 듯이 위협한다. 겁쟁이 팔랑귀는 차라리 집에다 두고 올걸, 후회해도 이미 때는 늦었다. 마치 죽어서 관에 누워 들어야 할 소리를 미리 들어보란 듯이 소리가 소리를 지르며 탕탕거린다. 나도 모르게 엄마를 부른다. 엄마란 이름은 다급할 때 비정기적으로 발음하는 낱말이다. 엄마를 찾을 때면 나는 내가 엄마라는 사실조차 잊어버린다.

어느덧 망치소리에 익숙해진 달팽이관과 한통속인 청각이 뽕짝을 즐긴다. 불안감을 떨치기 위해 의식적으로 곡의 개수를 헤아린다. 여덟 곡쯤 흘러가던 노래가 멈췄다. 이윽고 망치질도 끝이 났다. 조용한 손님이 감쪽같이 사라졌다. 장기투숙하다 강제 퇴실 당한 꼴이랄지, 십 몇 년을 기생하다 떠났지만 빈자리가 체감되진 않는다. 다만 그가 머물렀던 자리가 온돌이었는지 침대였는지 그것이 알고 싶을 뿐이다. 이 궁금증은 갑의 하릴없는 위세라 볼 수도 있겠고 이제 살만하다는 여유의 다른 얼굴이라 할 수도 있겠다. 워낙에 졸지의 일이라 부디 잘 가시라는 껍질인사조차 못했다. 솔직히 다시 올까 두려운 손님이다. 세상에 공짜는 없다더니 자릿값 대신 고질적인 요통을 데려가주었다.

생각이란 녀석은 참 무섭다. 눈꺼풀에 내려앉던 졸음을 밀어내고 또 다른 생각이 모서리를 세운다. 자주 아파본 사람은 안다. 한바탕 병원 신세를 지고나면 내 안에 돋은 뿔을 조금씩 깎아내게 된다는 것을. 그 것은 두루뭉술하게 넘기지 못한 순간의 틈바구니에서 격하게 반응했던 시간을 돌아보는 일이다. 풀기 빠진 광목처럼 마음보다는 몸의 불편을 불평만 할 수 없는 나이가 되었고 어쩔 수 없이 찾아오는 증상들이 있다. 한 고통과 한 고통 사이를 그저 무탈하게 지나가길 바라며 두 손을 모은다. 통점의 그곳은 눈이 닿아도 불안하고 닿지 않아도 불안한 지점 아니겠는가. 병원 침대만큼은 영원히 먼 그대로 살았으면 좋겠다는 가망 없는 소망을 한다. 길 잃은 떠돌이 바람이 애먼 방충망을 흔든다.

추억 속에서, 잠시

인연이란 얼마나 많은 우연들이 겹쳐서 만들어진 결과물일까.

때 이른 무더위가 기승을 부리고 울창한 나뭇가지마다 매미들이 합창하던 어느 날이었다. 한 동창생과 함께 다른 동창의 초대를 받았다. 말로만 듣던 미군부대에 들어갔다. 키 큰 미군들의 삼엄한 경비에 괜히 주눅이 들었다. 그러나 그곳에서 근무하는 이의 초대여서 그런지 입구에서 신분증을 맡기고 가는 일 외에는 여느 식당을 출입하는 것과 별반 다르지 않았다. 나를 초대한 친구는 나와 아주 특별한 인연이 있다. 오래 닫아둔 기억의 문을 열고 아스라이 거슬러 올라가면 그와 공유했던 풋내 나는 한시절이 펼쳐진다.

내가 그를 처음 본 것은 중학교 1학년 때, 운동장 아침 조회에서다. 또래에 비해 왜소했던 나는 운동장에서든 교실에서든 맨 앞이 고정된 자리였다. 어느 날부터였는지 운동장 조회가 있는 날이면 대각선 맞은 편에서 날아오는 까까머리의 낯선 눈길 하나를 느낄 수 있었다. 대수롭지 않은 일로 무심코 넘기다가 부딪혀 오는 시선이 반복될수록 그 학생이 누구인지 호기심이 생겼다. 뜬금없이 그 아이의 존재가 궁금해지기 시작한 것이다. 물론 자리 배치로 봐서 각반의 실장들이 서는 위치란 것을 알 수는 있었다.

사람은 누구나 약간씩의 양면성이 있다고 할까? 나이에 따라 성격도 변한다고 할까? 지나가는 개도 안 쳐다보는 중년인 지금과 달리 그때는 유난히 수줍음이 많고 소심한 성격이었다. 그런 내게 어울리지 않게 궁금한 것은 못 참는 면이 있었나 보다. 급기야 나는 친구들이 눈치 못 채는 방법으로 그 아이에 대한 궁금증을 푸는데 성공했다. 예상대로 반의 실장이며 초등학교를 어디서 했고 이름이 무어며 성적이 어느 정도인지에 이르기까지, 기초 조사를 완벽히 한 셈이었다.

그 후 이상한 생각이 슬며시 고개를 들고 일어났다. 그가 누구라는 것을 알고 나니까 그 친구도 내가 누군지 알고 시선을 보내는 것인지, 아니면 그저 우연의 일치로 별 의미 없이 눈길이 부딪히는 것인지, 불현듯 새로운 궁금증이 생겨났다. 그렇다고 해서 그의 마음이나 생각을 확인 할 방법이 없었다. 그 당시로선 서로가 말 한마디도 못 건네는 숙맥들이었다. 그러니 잠깐의 호기심은 긴 방학과 함께 숨을 죽였다.

그러다가 학년이 바뀌어 반이 새롭게 편성되었다. 남녀 성비 불균형으로 한 반은 공학 반이 불가피했는데 교실에 들어서는 순간 놀라지 않을 수 없었다. 겨울방학과 봄방학을 거치면서 잊고 있던 그 운동장 시선의 주인공과 같은 교실에서 눈이 딱 마주친 것이다. 전혀 예상치 못한 만남에 죄 지은 사람처럼 얼굴은 붉어지고 작은 가슴이 술렁거리면서 콩닥콩닥, 새가슴처럼 파문이 일었다.

역시 듣던 대로 그 아이는 공부를 잘하는 모범생 부류에 속했다. 모범생의 전형처럼 안경 낀 얼굴이 예리하게 생겼다는 것까지 파악할 수 있게 되었다. 잠잠했던 무언의 눈 맞춤은 다시 시작이 되었고 가슴은 날마다 이유 없이 벌렁거려왔다. 그 즈음 덩치가 큰 몇몇 조숙한 급우들은 빠른 사춘기를 겪느라 좀 더 노골적이 되어서 남학생과 여학생들 간의 쪽지 편지가 비밀리에 오갔다. 그러다가 운 나쁜? 친구들은 선생님께 들켜서 교무실에 불려가기도 하고 반성문을 쓰기도 하고 교실분위기가 왁자했다. 그런 와중에도 그 아이와 나는 아무도 눈치 못 채는 벙어리 눈 맞추기가 이어졌다. 하지만 용기가 없어 이름 한번 불러보지 못했고 흔한 쪽지 한 장 주고받은 일조차 없었다.

일주일에 한 번 운동장 조회에서 보던 그 아이를 가까이서 매일 볼 수 있다는 사실만으로도 넘치도록 충분한 설렘이었다. 나는 그 설렘을 즐긴 것 같다. 가슴 뜀이 은근히 좋았던 걸 보면 비록 꼬투리는 작아도 감성적인 발육은 또래들과 비슷했던 모양이다. 그 아이와의 시선 겹침이 좋아서 학교 안 가는 일요일이 도리어 달갑지 않을 지경이었다. 그때의 방학은 너무 길고 지루했다. 그냥 잠깐 스치듯 바라보는 시선 하나 있음으로 해서 교실이 그 아이로 가득 차 보였다.

에나 지금이나 내 취향은 학구파다. 뭐든 열심히 노력하는 사람이 좋다. 나는 다른 학과와 달리 영어에 유난히 취약했다. 그런데 그 친구는 그 어려운 영어를 특별히 잘 해서 의기소침한 나의 기를 더욱 꺾었다.

영어 교과서 부록에 실린 300 몇 개나 되는 단어를 줄줄 다 외우고 있었다. 그만큼 돋보였던 것이다. 아마도 그런 놀라움의 존경심에서 더 후한 점수를 매기고 가슴에다 오래 담게 되었는지 모르겠다.

정통 미국식 요리가 테이블에 차려지는 순간 핑크빛 추억 창고에서 빠져나왔다. 그 친구가 결국 영어로 밥을 먹고 산다하니 직업 선택을 아주 잘 했다는 생각을 하면서 서툰 솜씨로 스테이크를 잘랐다. 머릿속으로는 피천득님의 '인연'이란 글을 굴렸다. 인연이란 것이 얼마나 묘한가 말이다. 그 친구의 부인이 고등학교 다니는 우리 딸아이의 영어 선생님이라는 사실에 대해서는 우연 치고도 기막힌 우연이고 또 다른 놀라움이 아닐 수 없다. 게다가 내가 영어 선생과 결혼한 것도 이 친구와 무관하지 않다.

꿈만으로도 벅차고 푸르던 시절은 누가 데려갔을까? 어디로 가버렸을까? 그저 하루하루의 안위에 충실할 뿐 꿈마저 사치로 치부되는 나이가 되었다. 고백 한마디 못해도, 먼발치의 눈빛을 감지하는 것만으로도 마냥 좋았었는데. 그러나 마주앉아 식사를 해도 더 이상 가슴이 뛰지 않았다. 다행스럽고 당연한 현상이리라. 야속한 세월이 회오리치던 첫 설렘을 앗아갔다고 소용없는 원망을 한다. 하지만 그 친구와 벙어리 교감을 나눈 파스텔 빛깔의 소중한 기억 한 자락에 남몰래 미소 머금을 수 있으니 행복한 추억임은 분명하다.

러빙 빈센트

홍보 전단지에 적힌 글귀처럼 '전에 본 적 없는 독창적인 스타일의 영화'여서일까? 같은 영화를 연달아 두 번이나 본 것은 태어나 처음이다. 그것도 극장에서. 사실 이틀 전에 영선 선생과 동성아트홀에서 봤는데 오늘 영미 선생이 전화를 했다. '러빙 빈센트' 보자고. 내가 사는 동네 극장에도 걸렸다며 반색을 해왔다. 몇 초의 망설임도 없이 그러자 하고 만났다. 고흐였으니까. 고흐였기 때문에.

그림에 대해 문외한이지만 관심도가 높아졌다. 굳이 이유를 대자면 학점이수 관계로 한 학기 미술사 수업을 들었던 적이 있다. 그것이 계기가 되어 유명 화가의 전시회가 있으면 거리를 따지지 않고 발품을 팔았다. 이때 도록圖錄을 사오는 것은 필수였다. 피카소, 밀레, 뭉크, 모딜리아니, 마네, 클림트, 프리다 칼로, 고갱, 고흐… 관람한 전시회만도 다 헤아릴 수가 없다.

파란 눈동자가 말을 걸어온다 할까? 고흐의 늙수그레한 자화상을 들여다보면 친밀감이 느껴진다. 단정히 빗어 넘긴 붉은 머리카락과 가지런한 붉은 수염이 인상 깊다. 그는 40여 점에 이르는 자화상을 남겼다. 동생 테오에게 쓴 편지에 "다른 사람의 눈에 내가 어떻게 비칠까, 보잘것없고 괴팍스럽고 비위에 맞지 않는 사람으로 보이겠지"라는 고백이 나온다. 이 염려에서 인지상정이 읽힌다. 자신이 모르는 자신의 모습, 타인의 눈을 통해야만 알 수 있는 자아를 확인하고 싶은 것은 보편적인 바람일 게다. 고흐는 타인의 눈으로 자신을 바라보려는 마음에서 다양한 모습의 자화상을 그렸다. 물론 모델료가 없었던 것도 한 이유가 되겠지만.

그의 일생만큼 스크린이 전체적으로 어둡다. 어두워서 무거운 색채들에 압도당할 것 같다. 스치는 장면들이 고흐의 화풍 그대로다. 두껍게 보이는 강렬한 붓 터치와 뻑뻑한 물감이 흘러넘칠 듯 출렁인다. 애니메이션 영상이 살아서 움직인다. 생동하는 영상미를 따라가다 보면 내용을 놓치게 되고 내용을 따라가다 보면 유화의 아름다움을 놓치게 된다. 이게 내가 같은 영화를 두 번 본 변명이거나 해명일 것이다. 풍경화 속의 까마귀들은 왜 또 그렇게 시끄럽고 거칠게 날던지. 마치 혼몽한 내 정신세계를 일깨우려는 듯 떼를 지어 푸덕이는 날갯짓 소리에 소스라치게 놀랐다. 두 번을 봐도 놀람은 마찬가지였다.

살아생전 단 한 점의 그림만 팔렸던 화가 빈센트, 가난하고 외로웠던 빈센트의 죽음 1년 뒤 '아르망'은 그의 그림을 사랑한 아버지 부탁을 받는다. 빈센트가 동생 테오에게 남긴 마지막 편지를 전달해 달라는 청이다. 그리하여 고흐가 생을 마감한 고장으로 찾아가지만 테오 역시 이미 죽고 없다. 아르망이 고흐와 관련 있는 사람들을 만나 이야기를 나누는 과정에서 그의 자살에 무언가 의문점을 갖게 되고, 미스터리한 죽음에 대해 추적해가는 내용이다.

영신 선생과 본 첫날은 영화가 이미 끝났는데도 몸과 마음이 요지부동이었다. 자막도 영화의 일부라는 애호가적인 인식 때문만은 아니었다. 끝나기 5분 전쯤일까? '마음이 깊은 사람이었구나, 마음이 따뜻한 사람이었구나.' 그렇게 말해주기를 바랐던 고흐의 심정을 읽는 순간 울컥해졌다. 최면에 걸린 듯 앉아 있었다. 극장 안에 불이 켜질 때까지 그러고 있지 못한 것은 오른쪽 옆자리에 앉았던 여성이 일어나서 내가 비켜주길 무언으로 채근해서였다.

슬픈 황홀경이란 이런 느낌일까? 가난했기에, 요절했기에, 연민이 생긴 것은 아닐 게다. 누군가는 천재라 하고 누군가는 미치광이라 하는 이중적인 평가가 아쉬워서도 아닐 게다. 왠지 그냥 잘 아는 이웃집 아저씨 같은 친숙함에 대한 정이랄지. 한마디로 설명할 수 없는 감정이었다. 정규직처럼 그림만 그린 사람, 8년 동안 800점을 그렸다니 정규직보다 더한 결과물 아닌가. 동생의 경제적 도움이 절대적이었던 화가의 궁핍함은 죽어서야 비로소 보상받는다. 영화가 예술이라는 장르를 뛰어넘어 너무 짧아서 안타까웠던 한 사람의 생을 연장해주는 것 같다. "그림 말고는 우리를 표현할 방법이 없다." 영화 시작지점에 읽은 자막이 긴 여운을 남긴다. 글 쓰는 사람도 글 말고는 표현할 방법이 없지 않은가.

어쩌면 빈센트의 불행은 첫 자식이 아닌데 장남이 되면서부터 시작된 것인지 모르겠다. 그의 어머니는 빈센트를 낳기 전에 첫 아들을 사산하고 슬픔에서 헤어나지 못한다. 목사의 아들이었기에 목사가 되려고 시험을 보지만 떨어지고 만다. 부모 마음에 드는 자식이 되려고 애를 써도 삶은 의도대로 되지 않는다. 압생트가 주식이 되다시피 한 하나의 이유가 아닐까. 그런 그를 꿈꾸게 만든 것은 밤하늘의 별이었다. 마음의 위안을 찾아 아를 지방으로 거처를 옮긴다. 그곳에서 빛나는 별들과 그 별빛을 아련히 품고 있는 론강의 정취에 젖어 명작들을 그려낸다. 별들이 회오리치는 것 같은 '별이 빛나는 밤' 이라든가 강물에 가로등 불기둥이 말뚝처럼 박힌 '아를의 별이 빛나는 밤', 이런 작품을 보면 밤의 매력에 흠뻑 빠져서 산 게 아닌가 싶다.

아를 포룸 광장 '밤의 카페테라스' 에 가면 압생트를 마시는 그를 만날 수 있을 것만 같다. 사람들은 그가 왜 귀를 잘랐는지에 대해 궁금해한다. 나는 그토록 관계가 돈독했던 고흐와 고갱이 왜 노란 집에서 그렇게 싸우고 헤어졌는지, 그것을 더 궁금히 여기며 돌아왔다. 오자마자 영미 선생이 헤어질 때 이사 선물이라며 건넨 작은 상자를 열었다. 눈에 익은 명화가 그려진 본차이나 머그잔 세트다. 집 구경도 시켜주기 전에 선물부터 받은 건 매우 멋쩍은 일이다. 그림이 흘러내릴 듯이 찻잔 전체를 감싸고 있다. 마치 그녀의 마음처럼 따뜻해 보인다. 오늘 보자고 한 핵심은 바로 이거였구나, 뒤늦게 눈치를 챈다. 빈 커피 잔에서 감동이 출렁거린다.

입장을 바꾸면

아들이 어버이날이라고 사주고 간 화분에 물을 준다. 아직은 꽃의 목마름이 느껴지지 않지만 뭐라도 해야 할 것 같아서 물이라도 주는 것이다. 어쩌면 내 마음의 묵은 갈증을 푸는 행위인지도 모르겠다. '빈 둥지 증후군'이라는 것을 무사히 건너왔다. 그런데도 아이들이 다녀간 직후에는 새삼스럽게 그 빈자리가 더 크게 보인다. 조절되지 않는 어쩔 수 없는 허전함이 있다. 자식을 배웅하는 어머니의 자세랄까? 싸우면서 닮아간다는 말이 이런 것일 게다. 아파트 모퉁이를 돌아가던 아들의 자동차 뒤꽁무니에서 젖은 눈으로 손 흔들다 들어온 내 모습이 별안간 시골에 계신 시어머님과 겹쳤다. 순간 당혹스러웠다.

우리는 한 주 전에 어버이날 치레를 하고 왔다. 밥 한 끼 대접하는 것이 효의 전부인 양 할 도리 다했다고 치부한다. 어머님 마음도 며느리의 계산법과 맞을지는 미지수다. 당연히 당신 성에 차지 않으실 게다.

아무리 최선을 다해도 상대방 기대치를 완전하게 만족시키기란 불가능한 일 아닌가. 자기 입장이 우선이고 보면 약간의 이기심이 존재할 수밖에 없다. 어느덧 이빨 빠진 호랑이처럼 살짝 어려워하는 것이 엿보이지만 성품은 여전히 괄괄하시다. 불뚝성질도 버리지 못하셨다. 허리만 굽었지 흔한 혈압약 한 알 안 드시니 그만큼 강단 있으신 것일 게다.

30년 훌쩍 넘게 살아도 시댁은 안온한 온기가 느껴지지 않는다. 일이 있어서 갔더라도 돌아오기 바쁘다. 그때마다 노모는 차가 골목을 완전히 벗어날 때까지 사이드 거울 속에 붙박이로 계시다가 소실점처럼 멀어지곤 한다. 핏줄로 묶인 당신 아들에 대한 애틋함을 법적으로 묶인 내가 가늠하기엔 너무 어려운 감정이다. 그런데 가끔 어머님 마음을 이해 못할 때도 있다. 당신 아들의 흰머리가 보이지 않는지 환갑을 앞둔 자식이 못마땅해서 역정을 내실 땐 대책이 없다. 지난 팔순 때도 "너는 손님 대접을 못한다." 뭐가 서운한지 기어이 한마디 하셨다. 내가 듣는 꾸중보다 더 아프다. 난 내 자식이 혼자 객지에서 밥벌이하는 자체가 애처로운데 말이다.

접근 방식을 몰랐던 것일까? 돌아보면 시댁이란 굴레는 숨 막히는 적지였다. 잘난 아들을 못난 며느리한테 빼앗겼다 여기는 홀시어머니의 은근한 피해의식이 나를 병들게 했다. 멸치 한 마리 안 사먹고 공부시킨 자식에 대한 유세가 허공을 찔렀다. 선생이 무슨 하늘의 별이라도 따는 직업처럼 여기셨다. 돌확에 빠진 티끌같이 허우적일 때 내 나이 고작 스물다섯, 아이 손에 들린 사발만큼이나 위태로웠다. 차라리 쉽게 깨지는 유리였으면 싶었다. 비닐봉지처럼 공중제비를 하다가 아무데나

처박히기 일쑤였다. 찢어진 마음 상처가 곪아도 괜찮으냐고 물어봐주는 이가 없었다. 신경정신과를 들락거리며 받은 병명이 스트레스성 노이로제. 수면제와 신경안정제로 버틴 그때의 서러움 딱지가 떨어지지 않는다. 타인을 가족으로 확장하는 경계에서 접점을 찾아가는 입장 차이가 너무 컸던 탓이리라. 며느리 역할만 있었지 내 존재는 있어도 없는 사람이었다.

우리 아들도 장가를 들어 제 가족이 생기면 지금과는 확연히 달라지겠지? 달라져야 하고 달라지는 것이 정상이다. 그런데 어머님은 받아들이려고 하지 않으셨다. 중간에 끼인 남편은 모르쇠로 방관만 일삼았다. 어쩌면 수월하지 않은 모친의 성품을 파악하고 있기 때문이거나 고생한 노모를 외면할 수도 아내를 편들 수도 없었거나 뭐 그런 거 아니었을까. 그이가 가끔 묻는다. 좋은 시어머니가 될 수 있겠느냐는 반 걱정과 반 빈정거림이 섞여있는 질문이다. 물론 가보지 않은 길에 대해 장담할 수 없다. 하지만 가장 좋은 길은 한 번도 가보지 않은 길이라는 말이 있듯이 나이 꽉 찬 자식이 짝을 만나서 저만의 둥지를 틀고 새로운 길을 간다면 무조건 축복해줄 것이다. 시어머니 심술은 하늘이 내린다니까 큰소리치긴 섣부르지만 내 자식과 부부 인연을 맺었는데 귀하지 않을 이유가 없잖은가.

의도하진 않았지만 고부갈등을 소재로 쓴 글이 많다. 식상하고 진부할 게다. 이웃에 사는 인기 엄마가 내 습작을 읽고 무척 놀라워했다. 시어머니에 대해 쌓인 감정이 정말 많은가 보다고, 특히 여자는 풀지 못한 응어리가 나중에 치매가 된다는데 글로 토해낼 수 있어서 다행이라고, 위로 비슷한 말을 조심스럽게 뱉었다. 항상 웃는 얼굴이라 전혀 몰랐다고 덧붙였다. 나는 좀체 내 눈물의 뿌리를 보이지 않고 살았다. 그녀가 사람 사는 게 다르지 않은 모양이라며 본인의 시집살이를 들려주었다. 자신의 시어머니도 참으로 별난 분이셨단다. 중풍으로 쓰러져 오래 누워 계셨는데 그 수발을 혼자 다 들었다고. 돌아가시기 직전에 며느리 손을 붙잡고 고생 많았다, 미안하다, 하시더란다. 달랑 그 한마디에 맺힌 감정들이 촛농처럼 녹더라는 것이다. 무릇 삶이란 그런 것일 게다.

정답 없는 고부갈등은 영원한 진행형인가 싶다. 그렇다면 그냥 끼고 가는 게 상책일 것 같다. 어쩌다 생면부지의 남남끼리 가족이란 이름으로 엮여 외연적으로는 범위가 넓어졌지만 내면세계까지 확장하는 데는 한계가 있을 수 있다. 나 역시 어느덧 노화의 속도를 올리는 나이가 되고 보니 없던 측은지심이 생긴다. 흔히들 자식 보고 산다지 않던가. 꽃 좋아하는 어미를 위해서 오래 볼 수 있는 화분을 사다준 아들의 속 깊음이 든든하고 뿌듯하다. 난치인지 불치인지 다 나은 것 같다가도 수시로 도지는 빈 둥지 증후군도 숙명처럼 끼고 가련다. 목구멍에서 복숭아 씨만한 것이 올라와도 토하지 못한 침묵이 병을 만들었다면 참고 견딘 시간이 지금의 나를 만든 것이리라. 그만큼 단단해졌다. 결혼생활에 시어머니는 주체가 아닌 관련자일 뿐이다 생각하면 관계 정립이 한결 수월해질 것 같다. 역지사지하는 마음으로 마을회관에 나가계실 시어머니께 전화라도 한 통 넣어야겠다.

너란 애는 참

차곡차곡 쌓이는 빗소리를 듣는다. 고요 속에서 듣는 빗소리가 곡소리로 바뀌어 들린다. 꼽아보면 얼마나 많은 시간이 흘렀는지 아득하다. 세월이 약이라더니 정말 그렇다. 안타까움도 죄책감도 목련나무 위로 뛰어내리던 어린 빗발처럼 가뭇없다. 그런데 그날처럼 비가 오기 때문일까? 잊었다 했던 기억이 홀연히 찾아와서 내 머릿속을 점령해버린다. 그러니까 나는 지금 다시 그 녀석 이야기가 하고 싶은 거다. 그동안 몇 번이나 고해성사 하듯이 시작은 했지만 감정이 앞서서 마무리 짓지 못하고 덮어두곤 했다. 어떤 식으로든 꼭 한 번은 털어놓아야만 녀석한테 덜 미안할 것 같은 죄책감, 그것은 차라리 채무감이라고 하는 것이 더 정확하겠다. 그렇다. 나는 한 생명에게 갚을 수 없는 빚을 졌다.

처음부터 환영한 것은 아니었다. 오히려 그 녀석을 거부했다. 친정 막냇동생이 어린이날 선물로 조카한테 데려다 준 것이었고 내 의사와 상관없이 내 차지가 돼버린 거였다. 솔직히 그리될 수순이란 건 안 봐도 뻔했다. 그래서 집에 터럭 날리는 게 싫다는 구실을 대며 반대하지 않았던가. 그러나 이미 눈앞에 와버린 인연, 숨이 팔딱거리는 녀석을 차마 내칠 수 없었다. 객관적 입장에서 보면 무척 귀엽고 귀티가 나는 족속이었다. 두 손날을 세워 감싸면 주먹에 쏘옥 들어오는 앙증맞은 몸집과 보드랍고 윤기가 자르르 흐르는 갈색털이 첫눈에도 호감을 사기에 충분했다. 족보 있는 순종 요크셔테리어니까 잘 키우라고, 동생이 은근한 자랑과 반 협박을 하고 갔지만 녀석은 제 귀염을 제 스스로 살 줄 알았다.

이름은 '리베'였다. 반대하던 마음은 온 데 간 데 없고 자그만 녀석 하나 더 있다고 집이 꽉 찼다. 남편은 직장으로 애들은 학교로, 다 나가고 나면 진종일 혼자 집 지키는 내게 동무 하나 생긴 셈이었다. 녀석한테 말도 걸고 눈도 맞추고, 시나브로 정이 들었다. 밥 챙겨주고, 목욕 시켜주고, 빗질 해주고, 때맞춰 예방접종 해주고 의외로 잔손이 많이 갔지만 귀찮다는 생각은 들지 않았다. 걸레질을 할 때도 빨래를 널고 갤 때도 주방에서 식사 준비를 할 때도 내 꽁무니만 졸졸 따라다니는 녀석이 귀엽고 사랑스러웠다. 어느 순간부터 침대에서 잠도 같이 자게 되었다.

"제일 반대하던 엄마가 제일 좋아하네요?" 아이들한테 이런 말을 듣는 건 당연했다. 사실 나뿐만 아니라 모든 식구가 리베를 좋아했다. 누구랄 것 없이 외출에서 돌아오면 현관에서부터 리베를 먼저 불렀고 옷을 갈아입기 전에 안아주는 일이 우선이었다. 그야말로 우리 집 막둥이이자 귀염둥이였다. 리베라는 이름처럼 사랑으로 돌봐 그런지 밥도 잘 먹고 병치레 하나 없이 무럭무럭 잘 자라주었다. 천방지축 나대다가도 내가 책을 볼 때면 용케 알아채고 다소곳이 모로 누워 넌지시 지켜만 봤다. 어느 날 신문을 뒤적이다 어떤 광고를 보게 되었다. 대학교 평생교육원의 문학 강좌 안내였다. 나도 모르는 호기심이 발동해 무작정 등록을 했다.

늦게 배운 도둑질이 더 무섭다 했던가. 시의 시자도 모르고 살던 나는 무턱대고 빠져들었다. 리베의 불행은 이때 예고된 것이리라. "리베가 요즘 밥도 잘 안 먹고 점점 홀쭉해지는 것 같아. 병원에 한번 데려 가봐야 하는 거 아니야?" 남편의 염려와 아이들의 걱정을 건성으로 듣고 귓등으로 흘렸다. 사람이 뭐에 홀리면 딴것은 눈에 안 들어온다지 않던가. 미친 듯이 시에만 몰두했다. 새로운 나를 만들 것처럼. 자식농사도 뒷전이고 나는 늦은 내 농사에 치중했다. 시어를 붙들고 앉아 끼니를 잊어도 즐거웠다. 집안일은 자연스레 등한해졌다.

"이 시 언제 쓴 거지? 자네 시적 센스가 있군." 선생님의 짧은 칭찬 한마디에 온 세상을 얻은 듯, 당장 큰 시인이라도 된 듯이 기뻤다. 버스를 타고 오는 중에도 구름 위를 나는 듯이 들떠 진정이 되지 않았다. 설렌 마음으로 돌아와 리베를 안고 동물병원을 찾았다. 호사다마란 말은 이럴 때 쓸까. 아니면 좋은 일과 나쁜 일은 짝을 이루어 찾아오는 것일까. "너무 늦었습니다. 가망이 없습니다." 청진기를 목에 건 채 수의사가 단호하게 말했다. 뜬금없는 소리에 무슨 말을 그리 하시느냐, 버럭 화를 내며 따지듯이 되물었다. 충격적인 진단에 흥분한 나머지 하마터면 당신 돌팔이 아니냐는 막말까지 튀어나올 뻔했다.

천당과 지옥을 오가느라 혼이 쏙 빠져버렸다. 병명은 신부전증, 곰팡이가 핀 불량 사료를 먹인 것이 화근이었다. 유통이 잘못돼서 이미 많은 동물들이 피해를 당했다는 것이고 신문이나 텔레비전에서 여러 차례 보도가 됐단다. 밥그릇의 밥이 그대로 있고 살이 빠진다는 가족들의 염려에 단순히 입맛이 없는 걸 거라고 속단한 것이 돌이킬 수 없는 한이 됐다. 살리려고 통조림에 비벼주고 우유에 말아서 먹였는데 그게 도리어 죽음으로 내몬 독약이 되고 말았다. 통증이 너무 심하기 때문에 녀석을 위한 마지막 선택은 안락사밖에 없다고, 망연자실한 내게 쐐기를 박듯 의사는 냉랭한 어조로 또박또박 뱉었다. 신체 부위 중에서 맨 나중까지 기능하는 게 귀라는데 안락사란 말을 들어야했던 리베는 얼마나 무서웠을까.

하늘도 슬픔을 아는지 때 이른 장맛비가 퍼붓고 있었다. 평소에 옷가지 걸치기를 싫어한 녀석이지만 깨끗한 광목으로 수의를 입혔다. 종이 상자에 넣은 녀석을 안고 팔공산자락으로 갔다. 체온이 희미하게 남은 채로 큰 소나무 밑에 묻었다. '다음 세상엔 꼭 사람으로 태어나라' 간절히 기도했다. 리베의 빈자리는 덩치와 반비례했고 슬픔은 함께 보낸 시간과 정비례했다. 자꾸 눈물이 났다. 운다고 달라질 것은 없는데도 우는 것 말고는 할 게 없었다.

우리는 한동안 말을 잃고 지냈다. 갑작스런 이별에 넋 놓고 있는데 전화가 왔다. 사료 회사에서 보상금을 지급하겠다는. 녀석은 그동안의 밥값을 그렇게라도 지불하고 싶었을까? 치료시기를 놓쳐 떠나보낸 나로서는 죄책감이 더 무거워졌다. 후렴구처럼 이어지는 빗줄기 너머로 오독오독 야무지게 밥알을 씹던 모습이 아프게 아른거린다.